義俠廖添丁

台灣民間故事②

陳景聰——著
維真工作室——繪

晨星出版

推薦序

轟動一時的傳奇故事為孩童帶來滿滿的感動

——台東大學兒童文學研究所 榮譽教授 林文寶

廖添丁絕對是台灣最經典的俠義故事，在八、九十年代，用「頂港有名聲，下港有出名」形容他的知名度，應該不過分。令我印象深刻的是，「吳樂天講古廖添丁」的廣播劇，每日定時播出，造成巨大的轟動與迴響，萬人空巷，各行各業無不緊守收音機，可見其魅力。

晨星邀請台灣作家撰寫台灣民間故事，使得這些故事，能夠再度讓現在的孩子能夠聽見。這個故事不只傳達廖添丁的俠義精神，進而瞭解台灣人的為人與處世，所以閱讀時總有一股感動。

誠摯的推薦給現在的小朋友，在閱讀這個故事時，能瞭解自己的歷史與記憶，然後將這個美好延續下去。現在是個變動快速的時代，許多精神都已流失遺忘，我們需要慢慢的把台灣曾經的美好，一個一個撿回來——珍藏。

培養成為「俠」的好能力

——台灣兒童閱讀學會顧問　林偉信

「俠」是指見義勇為、用自己的能力幫助需要幫助的人。這本書藉由廖添丁一生的故事告訴我們，廖添丁如何培養與運用他的能力，幫助他人，成就了日據時代「義俠」的傳奇。

在書中，我們看到年幼的廖添丁雖然聰明，但個性衝動，常是見義勇為、奮不顧身，幸好他身邊的人教他沉著，廖添丁漸漸學會凡事靜下心來，再想一想。學會冷靜後，廖添丁就能理性思考，靠智慧解決問題，避免不必要的衝突與傷害。而後，隨著歷練增長，廖添丁更能深思遠慮，設想未來，評估後果，對事情終能做出更適當的選擇。從廖添丁的成長、蛻變中，我們可以看到培養了好能力，才能幫助別人，才能成為真正的俠。

劫富濟貧、義薄雲天的廖添丁

——靜宜大學通識教育中心兼任助理教授　邱各容

有關廖添丁的生平軼事始終不曾間斷，相關的出版也如雨後春筍。對這一位日治時期的傳奇風雲人物，他不是打家劫舍的匪徒，而是一位專門劫富濟貧，不畏強權的義俠。他的義行猶如西方的俠盜羅賓漢，是富豪人家的最恨，卻是貧困家庭的救星。

本書作者以流暢、風趣的文筆，鮮活地將這位日治時期台灣民間傳奇人物的行事風格、嫉惡如仇的個性、同情弱勢的悲懷、矯健敏捷的身手、不畏強權的剛毅等描繪得栩栩如生，躍然紙上，彷彿這位義俠廖添丁就活生生在讀者眼前似的，很有臨場感。

作者陳景聰老師植根於敬佩廖添丁扶危濟困的義行，希望俠義精神永遠不死，才會有《義俠 廖添丁》的出版問世。

精彩、富有傳奇風味的《義俠廖添丁》

——兒童文學作家與推廣者　陳秀枝

廖添丁的故事在五六十歲的這一代，耳熟能詳，常聽到廣播電台播出廖添丁的故事，而他那深不可測的武功，輕輕一躍，屋頂在他腳下，當場引起一片歡呼。

這本書舊瓶裝新酒，寫法有些特色，例如，一般的廣播或流行坊間的故事，都是從廖添丁的成年說起，身手非凡，讓讀者產生崇拜的情愫。《義俠廖添丁》呢，作家陳景聰，特別擴展到年少的廖添丁，如何辛苦成長、如何學得一身好功夫，讓這個傳說中的人物更真實；另外，又特別增加一個武功高強的打鐵師傅，他的師父訓練廖添丁習得一身武功底子，所以長大後，武功積累就更不得了；在人物的塑造安排下，作家陳景聰，細膩地安排廖添丁跟著媽媽當拖油瓶，備受欺凌，才毅然離開，甚至是後來青梅竹馬被日本人騙去日本，讓廖添丁更加無所畏懼，四處行俠仗義、劫富濟貧。

《義俠廖添丁》有著新穎的小說筆法，以比較合乎時下小朋友的閱讀習慣；又以合乎人性、比較生活化的筆調，娓娓敘說廖添丁的故事，讓人輕鬆讀得愛不釋手。比較困惑的是，廖添丁的歷史定位，該如何交給現在的年輕人判斷，留待後輩世人潛心感受探討。

故事情節絲絲入扣、扣人心弦，讓您有如回到故事現場

——清水散步執行長、清水妙聖宮漢民祠主委　吳長錕

清水人物廖添丁是日本時代最轟動的義賊俠盜，短短二十七年的歲月人生，為了維護漢民族的尊嚴與正義，勇敢對抗高壓統治的異族統治與警察大人，成為家喻戶曉的傳奇人物。作者陳景聰先生非常用心，藉由故事鋪陳及撰寫手法，分別在不同章節呈現廖添丁在不同時期及場域所遭遇的人物、事件及傳奇故事，每一章節都絲絲入扣、扣人心弦，讓您有如回到故事現場，是近年來難得一見的台灣民間小說佳作。繪者在小說中的每一幅插畫，傳神生動、恰如其分穿梭在文章小說中，讓讀者留下深刻的印象。

目錄

一、壓不垮的小草

重陽節剛過，大海那頭就颳起陣陣寒風，聞起來鹹鹹的，刮得臉冷冰冰。

廖添丁打著赤腳，牽著水牛，左彎右拐地繞過一畦又一畦收割過的水稻田，走上通往山邊的石子坡。海風順著山勢猛地迎面颳來，添丁連忙束緊身上那件破舊的棉襖，可是寒風依然如同利刃般，穿透薄薄的棉絮，刺入他的皮膚，讓他冷得直打哆嗦。

添丁只顧著將身體挨近水牛的肚子取暖，一不留意就踩上一顆尖銳的石礫，凍裂的腳後跟頓時傳來劇痛，逼得他只好暫時踮起腳尖走路。

來到山坳的相思樹林，走在布滿落葉的山邊小徑，添丁腳後跟的疼痛才稍稍緩解，可是肚子卻咕嚕咕嚕開始喊著飢餓。他雙手沿著束腰帶摸了一圈，偷藏的幾粒花生米早就被他吃完了。

添丁把牛繫在相思樹幹，任由牠吃草，隨即解開腰上那條束帶，左手抓住束帶末端抖了抖，右手在束帶前端接到了幾粒穀子和碎掉的番薯籤。這條雙層麻布織成的束帶，是媽媽特地幫他縫製的，好讓他用來藏吃的東西。

每當庄內有花生田或稻田收成，添丁和幾個老是挨餓的窮苦孩子總是守候在田邊，等收成完畢，地主和長工們一離開，他們就衝進田裡，各自占據一小塊地，開始搜尋那些殘餘的穀粒和花生莢。

「你將找到的土豆和米粒藏在腰帶裡頭，等它們乾了，肚子太餓時就可以拿出來吃。」阿母這樣教他。

添丁將手中那一小撮碎屑送進嘴巴，卻幾乎咀嚼不到東西，反倒感覺肚子更加空虛。這一刻，飢餓正像一條急著長大的毛毛蟲，拚命齧啃著他的肚腸。

這時阿母溫柔的叮嚀又在他腦中迴響起來：

「我的寶貝添丁，你一出世就注定是艱苦人，可是不管再怎樣的艱苦，只要忍耐過去，以後就不會再覺得艱苦了。要學小草，風吹雨打，任人踐踏，都能再站起來。」

可是他眞的什麼都能忍受，獨獨飢餓的煎熬始終讓他覺得萬分痛苦。他忍受得了繼父的藤條和蔡聲的欺凌，也挺得過寒冷，唯一捱不住的就是飢餓。

他兩歲沒了阿爸，他的阿母王足爲了活命，只好改嫁給隔壁庄楊厝寮的佃農蔡榮。阿嬤堅持要撫養他，好爲廖家留下香火。然而一身病痛的阿嬤卻在他六歲時過世了，他只好過來給阿母撫養，認蔡榮當繼父。然而認了繼父，他反倒更常挨餓，因爲家裡一有吃的，必定是繼父的兒子蔡聲吃過了才輪得到他。而蔡聲根本就把他當作眼中釘，吃不完的寧願丟掉，也不願意留給他這個突然冒出來的弟弟吃。

添丁餓慌了，只好躺在大石頭上，抱著飢腸轆轆的肚子，斜眼瞪著眼前正大口大口嚼著芒草的水牛，痴心妄想：「如果我是牛就好了，到處都有草可吃，根本不用怕餓肚子。」他的視線循著牛角尖對過去，正巧瞥見山邊那一棵龍眼樹的樹梢，掛著幾顆殘餘的龍眼。

添丁翻身跳下石頭，跑到龍眼樹下，打起精神開始往上攀爬。他爲了採樹梢的野果子吃，早就爬樹爬習慣了，動作俐落得像隻猴子。他爬到樹梢，折下頭上掛著龍眼的樹枝，掰開龍眼含進嘴裡，果肉早已經過熟，水水的沒什麼味道。

摘完了龍眼，他又爬上附近幾棵杜英碰運氣，卻發現那些綠色的杜英子還很堅硬，又酸又澀，根本還不能吃。

一顆小石子突然飛過來，擦過添丁腳邊的枝葉，掉落在野林子深處。

添丁有預感，那顆石子一定是蔡聲扔來的。他透過葉隙往下瞧，果然看見蔡聲和幾個同伴站在山邊的小徑上。

「猴仔添丁快下來！跟我們去橄欖樹那兒，你爬上去搖橄欖。」

添丁一聽到橄欖，成熟橄欖酸酸甜甜的好滋味頓時從舌尖蔓延開來，化成滿嘴貪饞的口水。

山上這一大片野林子中有一棵高大的橄欖樹，每年重陽節過後就開始成熟掉落。他曾經偷偷潛進林子中，幸運地撿到兩顆掉落的軟橄欖，啊，那味道一想到就叫他忍不住流口水。可是蔡聲宣稱那棵橄欖樹是他們發現的，只有他們可以去撿來吃，還因爲爭搶掉落的橄欖，和隔壁庄的一群大孩子起過衝突。

熟橄欖每天就落下來那麼幾顆，根本不夠那些大孩子們塞牙縫。有一回他冒險去撿橄欖，不巧卻被蔡聲他們逮到。蔡聲打了他一下耳光，威脅他：

「你偷吃過多少粒橄欖？快吐出來還給我們！」

他逼不得已，只好硬著頭皮說：「我爬上去搖一些熟橄欖下來給你們撿。」

在場的大孩子全都當成在看猴戲，圍攏過來，吆喝著：「快爬呀！你若爬得上去就比猴子厲害啦。」

橄欖樹的主幹又直又高，從來沒有人爬得上去。況且要爬那麼高，光一想到就腳軟了。

想不到添丁爬樹的功夫還眞不輸給猴子，他學大人啐一口唾沫在手掌，雙掌快速搓了搓，雙手牢牢環抱樹幹，兩腳使勁夾住樹幹往上蹬，像隻毛毛蟲般地一伸一縮，一伸一縮，不一會兒便攀上五人高的分枝點，再爬上更高的分枝，搖下了幾十顆熟橄欖。

從那天起，庄裡的大孩子就改口叫他猴仔添丁。

可是添丁打心底不願意幫蔡聲。蔡聲雖然是他的阿兄，卻從來只會利用他、占他便宜，每回只要聽蔡聲的指使去做事，事後鐵定後悔。

繼父負責幫頭家養這一頭水牛，把這頭牛看得比命還重要。蔡聲明明曉得他要看顧水牛，現在卻來逼迫他丟下水牛，冒險去搖橄欖樹，這豈不是擺明要陷害他？

添丁輕手輕腳地，飛快溜下樹，跑到蔡聲面前，垂著頭低聲說：

「不行咧！阿爸吩咐我要好好看牛，你叫我丟下牛亂跑，會害我挨阿爸揍！」

「不去，我先揍你！」

蔡聲舉起拳頭恫嚇添丁，反而激起了添丁的倔強性子。添丁仰起臉正視大他兩歲，比他高一個頭的蔡聲，冷冷地說：

「你揍吧！我又不是沒被你揍過！」

蔡聲很氣添丁害自己在同伴面前丟了面子，舉起手掌就朝添丁的臉頰搧去，添丁倏地蹲下。蔡聲想不到自己竟搧了個空，又氣又急，抬腿便踹，卻又被添丁一個測滾翻閃了過去。這一來蔡聲更是氣急敗壞，不等添丁起身，追上去朝他的屁股又補上一腳。

添丁被踹痛了屁股，翻身就逃，蔡聲箭步向前要揪他的辮子卻撲了個空。這時添丁看準五、六步遠的一棵相思樹蹬了上去，手腳並用，一眨眼就爬上三人高的位置。

蔡聲想爬上樹去教訓添丁，自忖沒那麼好的爬樹功夫，在樹下乾瞪眼片刻，拾起一塊拳頭大的石頭，恨恨地警告添丁：

「你再不下來，我眞的會用石頭砸死你喔！」

添丁不禁害怕起來。蔡聲粗壯有力心又狠，萬一被他用大石塊砸中就完了。但是添丁仍然不甘心就範，跨坐在高高的枝杈朝樹下的蔡聲喊：

「反正只要是用威脅的，我就是不聽！」

這時另一個叫文魁的孩子王再也等不下去了，出面制止蔡聲：

「別再凌遲添丁了！我留下來幫他看牛，你們快去撿橄欖。」說著把手上的小麻布袋交給蔡聲。

蔡聲也很想吃橄欖，只好接過麻布袋，朝樹上的添丁喊：

「聽到沒？快下來，去幫我們搖橄欖，我保證不會揍你。」

可是等添丁下樹，蔡聲還是憋不住怒氣，狠狠捶一下添丁的後背才甘休。

添丁跟他們來到野林子深處。那一棵高挺的橄欖樹上垂掛著大串大串的綠色橄欖，添丁趕緊掃視樹下想先找顆橄欖吃，可惜熟透掉落的果實早被撿光了。

「看什麼？還不快爬上去搖。」蔡聲使勁將添丁推向筆直的橄欖樹。

添丁雙手緊緊環抱樹幹，兩腳夾住樹幹使勁往上蹬，不一會兒便攀上高高的分枝點，然後再小心翼翼爬上一處雙杈的分枝，腳踩下面的枝杈，手握上面的枝杈，先用手拚命搖晃，再用單腳猛力蹬踏。只聽到一陣劈哩啪啦聲響，成熟的橄欖紛紛掉落地面。

樹下那群大孩子火速撿起掉落的橄欖，丟入蔡聲的麻布袋。

添丁搖晃過所有搆得著的枝杈，手腳並用往下爬到地面來時，橄欖樹下早已不見半個人影，他剛剛冒著生命危險去搖下來的橄欖全都被撿光光了。

「可惡！竟然連一顆也不留給我！」

添丁不甘心，撿起一顆石子朝樹上扔，打下一顆硬橄欖。他撿起橄欖一咬，哇！苦澀如同一把鑽子朝他喉頭鑽去，嚇得他趕緊吐出來。

添丁吐出了苦澀的橄欖，一股更強烈的苦澀感卻湧入他的心坎，滿腔的不平和委屈立刻化成淚水傾瀉出來。他咬牙哭著說：

「蔡聲你給我記住！從今以後我再也不相信你啦！」

添丁抹乾眼淚，忍住飢餓，跑回去剛才綁水牛的相思樹，想不到文魁居然還在那兒幫他守著水牛。

文魁看見添丁紅著眼眶，問：「你爲什麼哭？蔡聲又打你了？」

添丁滿腹的委屈再度被文魁挑起，忍不住嚎啕大哭：「我冒著生命危險，爬上那麼高的地方摇橄欖，他們竟然連一顆都不留給我吃。太過分了！哇……」

添丁哭得那麼可憐，文魁看了不忍心，於是從小麻布袋裡掏出一把橄欖，塞進添丁手裡。

「這是我要帶回去給弟弟妹妹吃的，分一份給你吃。」

添丁雙手緊緊握住橄欖，既驚喜又錯愕。天下間除了阿母和已經過世的阿嬤，從來沒有人對他這麼好過。

「快吃啊！牛還給你囉。」文魁拍拍添丁的臂膀就走掉了。

一道暖流淌過添丁的心坎。他嚼著酸酸甜甜的熟橄欖，噙著淚，望著文魁的背影消失在山徑拐彎處，不禁癡心妄想起來：

「如果繼父的兒子不是蔡聲，而是他，那該多好！我一定會歡歡喜喜的叫他阿兄。」

添丁剛吃完文魁給他的橄欖，山下忽地吹來一陣濃郁香甜的味道，令他的肚子忽然更加發狠地餓起來。

「一定是剛才爬樹搖橄欖花太多力氣了。唉唷！不趕緊找東西來吃，我一定會餓死的！」

添丁餓急了，再也顧不得會挨繼父痛打，將牛繩繫牢一點，拔腿就往家裡跑，去找吃的。剛剛聞到的甜味就是糖廍正在製糖的味道，今天一早繼父和阿母都去幫頭家砍甘蔗，趁這時間溜回家一定不會撞見繼父。

他三腳兩步地跑下山，抄捷徑跑下一段石階，經過山溝上的麻竹橋，回到庄內，推開家裡的籬笆門，跑過泥土禾埕，閃進灶腳，掀開大鼎上的木蓋，拿走一顆午餐要吃的大番薯，又火速趕回去山坳，看到牛安安穩穩地跪伏著反芻青草，這才鬆了一口氣。

添丁坐在大石頭上，拿起番薯，皮都沒剝就張口大咬，三兩口便囫圇吞下半顆大番薯。

這時他瞥見地上一條肥大的青蟲正被一群螞蟻圍攻噬咬。他眼見青蟲痛得不斷掙扎扭動，覺得很不忍心，便拿起一根樹枝趕走螞蟻，再將青蟲放到另一棵樹上。

添丁好心救了青蟲，卻又覺得害螞蟻挨餓也過意不去，便將手中剩下的番薯掰成兩半，一半送入口中，一半送給螞蟻吃。正當他蹲在地上看著螞蟻群聚在番薯上頭啃咬，看得正出神時，突然伸來一隻大腳丫朝番薯踩了下去。

「好啊！家裡的番薯都不夠吃了，你竟敢偷拿來餵螞蟻！」

蔡聲瞪大牛眼，惡言惡語地指責添丁，彷彿添丁剛剛犯下了天大的罪過。添丁並沒有被蔡聲嚇到，因爲蔡聲在添丁面前糟蹋掉的糧食可多了。要是阿母連續三天只給蔡聲番薯，沒給他一碗米飯吃，蔡聲就會氣得將早已吃膩的番薯丟掉。更過分的是，後來蔡聲發現自己丟掉的番薯被添丁撿去吃，從此便把番薯攢進臭水溝內，不讓添丁撿了他的便宜。

「快把腳抬起來！你把螞蟻都踩死了！」

添丁握住蔡聲的小腿往上抬，卻抬不起蔡聲粗壯的腿，反被對方順勢揚起的腳板掃了一記耳光。

「快去牽牛，回家去大灶前罰跪。」蔡聲揪住添丁胸口。

添丁擔心身上單薄的舊棉襖會被揪破，雙手拚命要掰開蔡聲的手指，蔡聲卻狠命將他朝地上一推，把他摔了個四腳朝天。

回到家，添丁剛把水牛關進屋後的牛欄，繼父和阿母也收工回來了。蔡榮在擦洗手臉的時候，蔡聲就去告狀，數落添丁糟蹋番薯的事。

「竟敢偷番薯吃，還糟蹋糧食！跪下來跟灶王爺懺悔，你中午也不用吃了！」繼父氣沖沖地揪添丁到灶前罰跪。

王足跟在一旁想攔阻粗壯的丈夫，但是憑她瘦弱的身軀哪攔得住。

添丁一整個上午受盡蔡聲的欺凌，早已滿腔的委屈不平，再遭受繼父處罰，忍不住叫屈：

「我肚子餓得要命，拿家裡的番薯吃，算偷嗎？眞正糟蹋糧食的是蔡聲，他時常把番薯丟臭水溝，爲什麼不用罰跪？」

「做錯事還敢跟我頂嘴！」繼父從灶旁的柴堆抽出一根樹枝，照著添丁的後背和屁股猛抽，嘴裡一邊痛罵：

「蔡聲是你叫的嗎？下回不叫他阿兄我就打死你！」

「別再打啦！再打下去，他眞會被你活活打死啊！」王足一邊哭一邊死命抱住丈夫的手臂。

蔡榮恨恨地將樹枝摜向柴堆，朝王足吼：「還不去煮菜！」

王足不敢違逆丈夫，抹了抹眼淚趕緊去忙，邊哽咽邊張羅午餐。

添丁忍住疼痛，餓著肚子，眼眶含著淚，狠狠咬住髮辮不讓自己哭出聲。他記著阿母說要跟小草學習的話，縱使跪到膝蓋和小腿都冰冷發麻，上半身反而挺得更直。繼父午睡起來，氣也消了，這才叫他：「去牛欄把牛糞耙一耙，拿去田裡給你阿母下肥料。」

王足正在收割完的稻田裡忙著，看見瘦小的兒子捧著一大畚箕牛糞來到，趕緊去幫他把畚箕接過來放地上，拉著他的手低聲催促：

「快跟我去田溝把手洗乾淨，我留了一顆中午的番薯給你吃。」

添丁雙手泡在冰冷的田溝水當中，內心卻覺得暖洋洋。因爲這世上再怎麼冷酷無情，至少還有阿母全心全意關心著他。添丁邊嚼著番薯，邊看著阿母佝僂著背移植芥菜苗。他想到嘴裡的番薯是阿母省下的午餐，是阿母餓肚子換來的，淚水一股腦兒從心坎湧上眼眶。

他在心裡暗暗發誓，只要他再長大一些，就要去外頭努力打拼，一定要讓阿母餐餐都吃得飽飽，每天都有香噴噴的白米飯吃。

二、遇見師傅

吃不飽餓不死的苦日子，把廖添丁折磨得瘦巴巴。偏心的蔡榮把好東西都留給蔡聲吃，比較粗重的工作卻使喚添丁去做。

一樣到旱田工作，幫頭家挑農作物，高大粗壯的蔡聲從來只挑半籮筐的番薯或樹薯，添丁卻得挑七、八分滿。蔡聲的腳板經不起磨，總是穿上草鞋襪，再套上草鞋來保護，而添丁只有草鞋好穿，腳底常磨破皮流血，長出厚繭，後來乾脆連草鞋也不必穿了。

添丁才十歲，已經到處去打零工。只要是可以賺到錢的活兒，繼父就會把握機會使喚他去做。

添丁最喜歡的工作是放牛。秋冬時節到山邊放牛，可以趁機到林子裡採野果吃；春夏之際到河邊溪畔放牛，更是捉蝦蟹捕鰻魚的好時機。

春天溪邊的牧草開始茂盛起來，附近村莊養牛的牧童都會把牛牽來大溪畔吃草。這時節溪水清澈，牧童們都會將自家或頭家的牛繫在溪畔的矮樹，任由牛去吃草，然後把身上的衣服脫個精光，下溪去玩水，玩夠了便蹲在溪裡摸索躲在水草當中的長臂蝦，水性好的就潛入水裡，捕捉藏身石頭縫裡的毛蟹和溪魚。

夏季溪水暴漲，牧童們便轉移到灌溉農田的水圳戲水。由於每年都會傳出溺水的事件，所以長輩總會告誡自家的子弟不可去戲水。可是天氣一熱，愛玩耍的小孩都把長輩的話拋到腦後，偷偷下水玩。

添丁生性好動，聽到別人喊著要下水去玩，脫光衣服便跑到水圳的麻竹橋上，撲通跳下水去泅泳潛水。

上岸之後，大家便升起一堆火，把各自捕獲的魚蝦毛蟹烤來吃。

吃多了魚獲，添丁瘦歸瘦，但是骨骼越來越強健，黝黑的肌肉也更加結實。

有一天，蔡聲聽到添丁在水圳戲水的傳聞，大老遠跑來探個究竟，果然撞見正在水圳泅泳的添丁。

「死添丁！你把牛丟著，顧著自己玩水。嘿嘿！被我逮到囉！回家你就死定啦！」蔡聲一副幸災樂禍的嘴臉，朝添丁叫囂完便回去告狀。

「慘啦！回去一定會被繼父用藤條鞭打！」添丁知道大禍臨頭了，索性猛吸一口氣，潛入水底去摸索鯉魚和土虱。

回家時，繼父早就抓著籐條，板著臉坐在屋簷，等著給添丁一頓好打。可是當他瞧見添丁手上那一串鯉魚、土虱，甚至還有鰻魚時，忽然就心軟了。

「有機會抓幾條魚回來加菜也不錯！可是你千萬要記得，如果牛沒看好就是討打！」

從此只要有了魚獲，添丁總是用菅芒的葉子穿過魚鰓和魚嘴，提回家給阿母煮一頓豐盛的晚餐。

「添丁，你別再去水裡捉魚蝦了，我很怕你會發生危險。」阿母擔憂的說。

「阿母別擔心啦！」添丁拍拍自己的瘦排骨：「我已經很會泅泳和潛水，正好捉一些魚蝦給妳加菜補一補。」

炎炎夏日，添丁幾乎整天都泡在水圳裡。當同夥的孩子玩水玩膩了，紛紛起來曬太陽、吃點心時，他仍然一個勁兒在圳裡潛水泅泳，捕捉躲在水底泥坑的鯉魚和土虱，摸索藏身在河堤洞穴裡的鰻魚。

然而那些叫添丁聞到就流口水的醬筍鯉魚、燉土虱和香辣毛蟹，多半還是進了蔡聲的肚子。而價值比較高的鰻魚，則被繼父拿去賣給有錢人家進補，賺了幾文錢買酒吃。

爲了捕捉魚蝦蟹，添丁的水性越練越好，泅泳的功夫流暢得像條魚，一潛水就可以在水底憋氣憋好久。

這一天，日頭毒辣辣地掛在頭頂。

在水圳玩水的牧童紛紛回家去吃午餐了。最慢上岸的添丁剛穿好衣服，提著兩條鯉魚準備去牽牛，忽然聽到身後的麻竹橋傳來一聲啪啦的脆裂響聲。添丁回頭一看，原來是隔壁庄的打鐵匠劉義挑著貨物過橋時，扁擔突然斷掉了，兩麻袋貨物全掉落水圳內。

添丁連忙跑上竹橋，將手上的鯉魚交給劉義：

「幫我拿著，我下去水圳幫你把東西撿上來。」

添丁才說完話已經脫得赤條條。他正要跳下水，劉義身後忽然發出女孩子的失聲驚叫。

「唉呀！羞死人啦！」

原來劉義背後跟著一個小女孩，她猛瞧見添丁脫得光溜溜，趕緊放下提籃，用雙手掩住眼睛不敢再看。

添丁想不到眼前竟然會冒出一個女生，也羞得面紅耳赤，連忙拉上褲子，綁好束腰帶。

「別下去！那兩袋煤炭很重，你搬不起來。」

劉義的話還沒說完，添丁已經撲通往水裡跳。

「危險！快上岸呀！煤炭我不要了！」

劉義在竹橋上緊張地呼喊，卻意外發現添丁一下水就像蛟龍般矯捷，潛入水中立刻就找到一袋煤炭。而且水中這名小鬼反應出奇的機敏，他雖然拎不起沈重的麻布袋，卻懂得利用形勢，藉著水流的浮力去搬運，才片刻工夫便將那兩袋煤炭推送到下游岸邊。

劉義趕緊過來接應。他對添丁豎起大拇指：「你泅泳的功夫眞是了得！」隨即趴在圳邊，一手抓住堤岸，一手伸下去揪住麻布袋，一使勁便將沈重的煤炭拎了上來。

兩袋煤炭上岸後，劉義又將手伸向添丁：

「來！把你的雙手給我。」

添丁只覺得身子忽然騰空而起，人已穩穩站在圳邊。

「哇！你的氣力好大呀！」

添丁望著精瘦的劉義驚嘆，竹橋上的小女孩已經來到他身邊，糾正他：

「劉大叔用的是打鐵的內力，不是氣力。」

「內力？那不是練武功的人才會？」

添丁望著面前的小女孩。她綁著兩條烏溜溜的麻花辮子，眼睛水汪汪，臉上笑盈盈。

她發覺添丁正盯著自己瞧，想起剛才尷尬的一幕，不禁低下頭，羞得耳根脖子紅通通。

「那，衣服給你。」

添丁一面穿上衣，一面好奇地別過臉問劉義：

「劉大叔，您一定是武功高手，對吧！」

劉義彷彿沒聽到，將添丁的魚交回他手上，拎起地上的兩袋煤炭，自顧自地掉頭走去。

添丁正想追上去，背後的小女孩卻叫住他，莫名其妙地問：

「喂，你是不是在水裡扭傷腰了？」

添丁和那雙烏黑發亮的瞳眸對望一眼，看見對方滿臉關切，便伸展一下身體和腰肢，回答：「沒有啊！你幹嘛這麼問？」

「沒受傷爲什麼一直在腰間摸來摸去？」

添丁這才恍然大悟，靦覥地笑了笑說：「我經常在束腰帶藏吃的東西，所以肚子一餓就會習慣摸摸束腰帶找吃的。」

劉義忽然回頭告訴小女孩：「盈青，拿兩塊饃饃請他吃。」

添丁想不到打鐵匠的耳朵竟是如此靈敏，人已經走了好遠，居然還能聽到他的話。以前他只曉得打鐵匠來自大海另一邊的唐山，說的話帶有一種奇怪的口音，從沒聽說過這打鐵匠是個厲害的人物。

盈青掀起蓋住提籃的白麻布，拿出兩塊麵餅遞給添丁。

「不用不用！」添丁搖搖頭，舉起手上的鯉魚：「我餓了自己會找東西吃，不用靠別人。」

盈青硬要把那兩塊饃饃塞給添丁。添丁拗不過她，拔腿就跑，卻被劉義攔住。

「不要把我會武功的事告訴別人，好不好？」

「好！君子一言既出，駟馬難追。」

添丁豎起兩道劍眉，拋給劉義一副堅定的神色。他剛邁開腳步，又被劉義叫住：

「我在臭水庄的打鐵店，有空來找我，我有話要問你。」

「嗯——」添丁猶豫一下才說：「好吧！我認得您，我小時候就住臭水庄，常跟阿嬤拿農具去給您修理。我阿嬤都稱呼您劉師傅。」

「妳阿嬤叫啥名字？」

「別人都叫我阿嬤來好嬸，她已經過世三年多了。」

「啊！我記得她。所以你是被送去楊厝寮給生母和繼父養的那個小孩，叫啥名字？」

「廖添丁。」

「你繼父呢？」

「蔡榮。」

聽到蔡榮的名字，劉義的眉頭微微皺了一下，湊近添丁身邊問他：

「你有沒有想過將來要做什麼？」

「將來？」

劉義看見添丁露出迷惘的神色，以為小小年紀的他不知該如何回答，想不到添丁卻猛一拍排骨胸，很理所當然地回答：

「將來我要去大都市賺大錢，讓我阿母過好日子。」

添丁牽著牛的身影消失在芒草之間了，但他敏捷的瘦小身影依然在劉義的腦海晃動著。剛剛那個叫添丁的小男孩五官端正，黝黑的臉龐有一雙澄澈晶亮的丹鳳眼，眉宇之間流露出一股剛毅無畏的氣質。

「真是一塊練武的好料啊！」劉義忍不住在心底喝采。

添丁還沒偷到空閒去找劉義，劉義卻先找上蔡榮，表明要雇用添丁當學徒。

「我供吃供住，每月再給添丁一百文錢。」

蔡榮一聽到劉義開出這麼優厚的條件，馬上叫蔡聲去水圳把添丁喚回家。

「快用麻布巾包好你的衣褲，現在就跟隨劉師傅去打鐵店當學徒。」

添丁想到自己連去田裡跟阿母道別的機會都沒有，不由得嘟起嘴，臭著一張臉。他整年穿的衣褲就那麼兩三件，整理的動作卻拖拖拉拉，折了又折，惹得繼父發火斥罵：

「乖乖跟著劉師傅學打鐵，好好服侍師傅。如果我聽到劉師傅對你有什麼不滿，就打斷你的狗腿！」

出門以後，劉義看見添丁一副悶悶不樂的樣子，好奇的問：

「我聽說蔡榮父子對你百般虐待，現在有機會脫離他們，你不覺得歡喜嗎？」

「我是歡喜呀！」

添丁的烏眸亮了一下又黯淡下來，接著便垂下淚來，哽咽地說：「只是我捨不得離開我阿母，而且沒跟她道別就離開，我心裡實在很難過。」

劉義原本很擔心添丁不樂意當他的學徒，現在曉得添丁不開心的原因，壓在心上的石頭頓時落了地。

「你剛才就應該跟你繼父說才對。」

添丁抹一把眼淚說：「說了沒用，只是討打，所以我不想跟他說。」

「原來是這樣啊！那簡單，我現在就給你時間先去跟你阿母道別，以後每十天你都可以回家探望你阿母一趟。」

「謝謝師傅！請您在這兒等候一下，我去頭家的田跟我阿母道別一下馬上回來。」

「我跟你一起去，順便告訴你阿母一些話，好讓她放心。」

師徒兩人一接近頭家的田地，就看見王足正在翻攪堆肥。她骨架子細瘦，臉頸蒼白，相形之下，高高的堆肥如同一座黑色的小山。

「阿母。」添丁望著阿母操勞的瘦小背影，忽然感覺鼻子酸酸的，眼眶一陣熱，就哽咽住了。

王足乍見兒子背著包袱，身後還跟著臭水庄的劉鐵匠，先是楞了一下，隨即意會到了什麼，連忙放下手中的鐵耙，急著要撢掉沾在手臂和身上的穢物。

添丁不管阿母身上的髒污，衝上前一把抱住她，哽咽地說：

「阿母，我跟劉師傅去學打鐵，以後妳不用省下妳的番薯給我吃了，從今天起，每餐都要吃飽一點喔。」

「我的乖囝，這麼小就要離開阿母去學功夫，阿母實在很捨不得……」王足把兒子抱得緊緊，淚流不止。

劉義看著眼前母子情深的情景，心頭不由得溫熱了起來，愈覺得添丁不只是武骨出奇的好，看來也是一個很重感情的人。他越想越覺得添丁跟自己有師徒緣，卻更加不忍心拆散他們母子倆。

「蔡榮嫂子，如果妳不願意讓添丁這麼小就去學打鐵，做那麼粗重的工作，我可以緩個兩年，等他壯一點再來收他當徒弟。」

劉義才說完，王足卻推開兒子，滿面恐慌地朝他一跪，哀求說：

「不！不！我願意！添丁越早跟著劉師傅學功夫，就越早出師，對他才是最好的。」她不敢說添丁留在家只是飽受蔡榮父子虐待，生怕劉鐵匠爲人苛刻，會變本加厲的折磨添丁。

劉義趕緊扶王足起身，安慰她：

「請蔡榮嫂子千萬要放心！添丁的事我都打聽得很清楚，我絕對不會像蔡榮父子那樣對待添丁。他是個靈敏懂事的孩子，我會盡心教導他，讓他成爲有用的人。」

王足聽劉義這樣說，趕緊轉身拉兒子一起跪下磕頭：

「劉師傅願意善待這個苦命的囝仔，我們母子將來一定會報答您的大恩大德！」

三、頑強的鐵塊

劉義原本想再過個一年半載，等添丁細瘦的骨架子養粗壯一點，才來考慮要不要傳授添丁武功。他爲了考驗添丁的判斷力和膽識，一再警告添丁：

「記得，我叫你做什麼就做什麼，不許問原因。」

可是添丁來打鐵店當學徒以後，很快便展露出頑強的個性。

雖然師傅一再交代不准問，但是半年不到，添丁已經摸透鐵性，熟悉打鐵的過程。偶爾他發覺師傅的做法不太對勁，還是忍不住開口問：

「師傅，這塊是生鐵，打成柴刀不適合吧？」

添丁問完，劉義馬上板起面孔反問：「怎麼不適合？」

「生鐵太脆，打成柴刀不夠鋒利，砍到太堅硬的木柴也容易斷裂。」

「柴刀用壞了就會拿回來請我們修理，有生意上門不好嗎？」師傅又質問。

「得到生意，失去名聲，當然不好！」

「好吧！那就換成熟鐵吧。」劉義內心歡喜，卻裝出一臉冷漠，淡淡地說。

添丁幾番質疑師傅的做法，師傅似乎都忍住怒氣沒發作。但在鍛鐵時，師傅總是嫌東嫌西，故意折磨他，逼他不停地拉沈重的風箱，直到雙手痠軟無力。

「再多用一點氣力，爐火才吹得旺。」

「別停！耐力是越用越出。」

鍾鐵時，添丁已經被師傅折磨到渾身痠痲，幾乎無法動彈，卻還是被嫌得一無是處。

「落鍾要狠，你連鐵鎚都舉不高，哪有資格吃打鐵這行飯！」「軟腳蝦！連站都站不穩。」「軟腳蝦！腰挺直才使得出臂力。」

有時劉義罵添丁罵得太大聲，驚動了住在打鐵店隔壁的盈青母女。盈青送午飯過來給他們師徒倆時，便會忍不住扯著劉義的手撒嬌：

「劉大叔，您罵那麼大聲，嚇著我了！」

「別怕！我又不是罵妳。可是有的人不狠狠的把他罵醒，到頭來就振作不起來。」劉義摟著盈青，一臉慈愛，嘴巴卻仍不饒過添丁。

起初，添丁將師傅的斥罵和著淚水往肚子裡吞。可是時日一久，他發覺自己的氣力和耐力明明都增強了，師傅那張嘴卻仍舊不饒過他，終於壓抑不住滿腔的委屈，跟師傅頂嘴。

這一天盈青送午飯過來，劉義只顧著自己先吃，卻叫添丁繼續錘打鐵砧上那塊火紅的鐵塊。

「你就這麼點兒氣力啊！那塊鐵要打成鋤頭恐怕要打到下輩子囉！」

劉鐵匠坐在桌邊，邊扒米飯邊嘲諷還在錘鐵的添丁。

添丁又累又餓，滿肚子氣惱一時憋不住，將大鐵鎚丟在地上，不服氣地頂嘴：

「你的氣力又有多大？給我見識看看哪！」

添丁的動作把盈青嚇了一大跳。

添丁來打鐵店當學徒，最開心的人就是盈青，因爲終於有同伴可以陪她談天說地，在地上畫格子玩跳房子，或是到野外採野花摘野果。

雖然添丁要包辦打鐵店所有的雜務，成天忙得團團轉，偶爾到外庄送貨跑腿，總會偷一點空閒來陪伴盈青。有時大熱天盈青悶得發慌，便過來打鐵店央求劉大叔放添丁半天假，陪她到溪邊玩水捉魚蝦。

不管做什麼，添丁總是處處讓著盈青，瞧不出半點兒個性和脾氣。盈青哪想得到，添丁竟敢對劉大叔耍脾氣？

盈青正想要撒撒嬌安慰劉義，免得他找添丁出氣，劉義已經將飯碗重重朝桌上一放，一旋身便掄起地上的重錘，朝火燙的鐵塊錘去。

添丁聽到又尖又脆的一聲巨響，火星子瞬間在鐵砧上四散噴濺。

劉義連下幾錘，在鐵塊還火燙時就打出鋤頭的雛形，讓添丁看了大吃一驚，不由得自忖：「換做是我，那塊鐵肯定要在火爐挾進挾出三回以上，才打得出這樣的形狀吧？」

添丁以爲師傅要罷手了，師傅卻將那塊逐漸冷卻黯淡的鐵片挾入火爐，隨即拉動風箱，「呼—呼—呼—」幾聲爐火馬上熾烈起來，才片刻鐵片已經燒得紅透。

添丁以爲師傅要開始打造鋤頭了，不料他卻迅速用火鉗將火紅的鐵片對折成鐵塊，再錘打成鋤頭的雛形。這樣反覆三次，才讓鋤頭定形。

劉義放下鐵鎚，用刀尖一般銳利的眼神，盯著錯愕在一旁的添丁問：

「要給顧客鋒利又耐用的產品，就必須學會這樣的功夫。你認爲自己行嗎？」

盈青知道劉義費了這一番功夫，接下來一定是準備給添丁講道理，頓時放下心來。她以爲劉義露了這兩手，肯定會叫添丁心服口服，便睜亮水靈靈的烏眸子，等著瞧添丁的反應。

「再過幾年，等我學會打鐵，再長壯一點，練好氣力，應該行吧！」

劉義看見這個倔強的學徒依然不服氣，苦笑一下，又將鐵砧上的鋤頭雛形放入火爐燒得通紅。

「換你來！你若能把這片鐵折成原先的鐵塊形狀，就換我叫你一聲師傅。」

添丁剛剛看見師傅對折通紅軟化的鐵片，就跟折抹布一樣容易，所以便自信滿滿地舉起沈重的火鉗，用力去折鐵片，不料竟感覺使不上半點氣力。

「我就不信！」添丁不信邪，使盡吃奶的力氣，累得滿面通紅渾身大汗，最後連手臂都麻掉了，卻只能讓色澤逐漸黯淡的鐵片略微彎曲。

添丁知道師傅使用了內力。內力竟然如此厲害！他當下便鐵了心，無論如何一定要請求師傅教他運用內力。

「服氣了嗎？」劉義目光炯炯地瞪著氣喘吁吁的添丁。

「服氣了！師傅太厲害啦！我有眼不識泰山，請師傅處罰我！」添丁直挺挺跪了下來。

劉義正要開口說教，豈料添丁卻先說：

「我覺得用師傅的方法，我永遠也做不到。但是如果換做別的方法，我還是可以讓鐵片變回鐵塊的形狀。」添丁話一說出口，連自己也感到詫異。自己明明想求師傅傳授內力，爲何還不願意順從師傅，仍要堅持自己的看法呢？

劉義見添丁還死鴨子嘴硬，勉強按捺住脾氣，滿面寒霜，冷冷地說：

「怎麼做？先做再說！」他打定主意，一旦添丁做不到，他今天就要嚴厲教訓這個不受教，只會逞口舌的學徒。

於是劉義午飯也不吃了，睜大眼睛看著添丁將鐵片挾入火爐，奮力拉動風箱燒紅鐵片，再用火鉗把鐵片挾到鐵砧上豎起，然後擠出剩餘的氣力舉起鐵鎚，一下一下將火紅的鐵片打成對折，再對折。折騰了半天，那片鋤頭的雛形終於還原成鐵塊的模樣。

「師傅，我這樣做可以嗎？」添丁跪下來問。他已經全身虛脫，連說話都禁不住顫抖。

面對個性如此頑強的添丁，劉義滿腔的怒氣和道理似乎都被敲成鐵塊，哽在喉頭出不了口了。他思考半晌，才上前扶起添丁，苦笑著回答：

「好吧！以一個普通鐵匠的學徒來說，做到這樣算可以了。你可以吃飯啦！」

添丁聽出師傅只想傳授他普通鐵匠的功夫，趕緊咕咚一聲跪了下去，猛磕頭說：

「師傅是非常了不起的鐵匠，求師傅傳授我使用內力的本領，我不想將來只當一個普通的鐵匠。」

添丁今天的表現令劉義十分錯愕。劉義起初是看中添丁機靈的身手和反應，有意將一身的本領通通傳授給他，才決定先收留他在打鐵店當學徒，進一步試探他的志氣和品行。

劉義足足觀察添丁半年，發覺添丁雖懂得人情義理，說話做事卻過於衝動，不會瞻前顧後，再加上一副死硬脾氣，將來若非大好必定大壞，恐怕不是值得託付的人選。所以到目前爲止，他只是教導添丁最基本的打鐵功夫而已。

看來，添丁的志氣可不小！劉義決定試探添丁的志向，於是問：

「你說說看，我和普通鐵匠有什麼不一樣。」

「您幫過世的同袍照顧盈青她們母女，給她們吃好的穿好的；還讓貧窮的長工和佃農賒欠，從不催討。如果換成本領普通的鐵匠，就算有情有義，沒有過人的本事也是做不來的。」

「我哪來的過人本事，別胡說！」劉義假裝生氣。

「師傅擁有的內力就是過人的本事，求師傅也將這本事傳授給我！」添丁將頭重重地磕在地上。

劉義看見添丁態度如此堅決，又擔心他太早練武體力無法負荷，不禁猶豫起來。

盈青見到劉義遲遲不答應，便依偎過去對他撒嬌：

「劉大叔，您就答應嘛！」

劉義沉吟片刻，終於點頭了。他原本就欣賞添丁的品格和身手，又看見添丁與盈青母女相處得那樣融洽，當下便決定日後再慢慢導正添丁衝動執拗的個性。

「好吧！但是你必須對天發誓，將來不管如何都要先照顧好盈青她們母女。」劉義盯著添丁說。

添丁鄭重地對天發誓之後，劉義又問他：

「練武功可是比打鐵更吃力，你又要打鐵，又要練武，耐得住苦嗎？」

「耐得住！」

「好！明天祭拜過師祖，我正式收你爲徒。」

原來師祖是盈青已經過世的父親李鐵。李鐵是一名軍官，在唐山平定叛亂時，救了倖存的打鐵舖獨子劉義，後來還介紹劉義入伍從軍，收到自己麾下擔任鐵匠，並且私下教授他武功。

後來李鐵的軍營奉派來台灣，協助台灣巡撫劉銘傳建築鐵路。李鐵在勘查鐵道路基時，不幸在三叉河（今苗栗縣三義鄉）遭原住民伏擊身亡，留下孤女寡母。從此以後，劉義便離開軍隊，擔負起照顧盈青母女的責任。

添丁正式拜師學武之後，每日天色未亮就被劉義叫起來站樁、練功，而且打鐵店學徒的工作仍然樣樣都得做。

劉義擔心瘦小的添丁體力負荷不了，便請盈青的母親林玉每隔十天燉一隻雞給添丁補身子。

這一天，劉義抓著添丁的臂膀幫他調整武術動作，發覺添丁依舊瘦巴巴，不禁納悶地說：

「奇怪！補了那麼多隻雞，肉都長到哪兒去啦！」

添丁聽到師父這樣喃喃自語，覺得很心虛，不由得俯首向師父坦承：

「我頭一次喝雞湯，想不到竟然那麼好喝，就拜託盈青讓我帶雞湯去分給我阿母喝，不料卻被繼父發現了。繼父聽說您每隔十天要給我一鍋雞湯進補，就威脅我要把雞湯帶回去，不然就要叫我辭掉學徒，改去給頭家當長工。」

「所以你都沒喝到那些雞湯？」劉義滿心訝異。

「嗯，全都被蔡聲一個人吃了。」添丁想到蔡聲滿嘴油光，打著飽嗝嘲笑他的模樣，又想到阿母細瘦病弱的身子骨，不禁悲從中來，淌下淚水。

劉義卻不可憐添丁，反而板起嚴厲的面孔，一字一頓地說：「跪下！告訴我你錯在哪裡。」

添丁沮喪地跪下，抹一把眼淚回答：「我辜負了師父的好意。」

「不對！」劉義目光炯炯地盯著添丁：

「你敬重我、服侍我，我也信任你的爲人，才肯收你爲徒，將一身的技術和本領傳授給你。你碰到這種沒辦法解決的難題，如果瞞著我，就是不信任我這個師父。」

劉義說著，扶起添丁說：「師父把你當成兒子，指望你成材，不會惋惜那幾隻雞的。」

中午盈青送飯來打鐵店時，劉義便責怪她：

「不是跟妳說要和添丁一起把那一鍋雞湯吃完，妳卻讓他帶回家，結果他一口也吃不到。」

盈青聽到劉義這樣說，吃了一驚，瞪大眼睛質問添丁：「你不是說要帶回去跟你阿母一起吃嗎？」

添丁被盈青瞪得面紅耳赤，羞愧地將欺騙她的緣由說明白。

「什麼！都被蔡聲吃掉了！」盈青氣呼呼地罵：「那隻肥豬！難怪他三不五時就神祕兮兮來找你講話，原來就是來恐嚇你。哼！下次見到他，我就叫他把那些雞湯全部吐出來！」

「不行呀！」添丁急得紅了眼眶：「我繼父會叫我辭掉打鐵店學徒，去給頭家當長工啊！」

「那該怎麼辦才好？」

劉義見盈青急得冒眼淚，苦笑一下，安慰她：「別擔心！從下回開始，我會請妳母親一次燉兩鍋雞湯。一鍋給添丁帶回家，另一鍋妳要盯著他老老實實吃下肚才行！」

盈青這才破涕爲笑：「謝謝劉大叔！我會像餵豬一樣，讓添丁吃得肥肥。」

添丁聽到跟吃有關的，不自覺摸了摸束腰帶，卻扯鬆了打結的地方，連忙拉住褲頭，免得褲子掉下來。

劉義看見添丁的糗樣子，便拿出早先準備好的束腰帶送給他。

「這條青腳巾送給你，以後改束這條腰帶，練武會用得著。」

添丁束上那一條織工細密緊實的藍色腰帶，腰腹間的紮實感，使得他忽然間希望自己快快長大。每天晚上練習過呼吸吐納的基本功，打過一套八極拳，就寢之前，他總是在內心默默唸著：

「我要讓阿母過更好的生活，我要報答師父的恩情，我要照顧盈青和她阿母……」

四、少年英雄夢

在劉義嚴格的教導之下，不到兩年，添丁已經嫻熟鐵匠鍛鐵、錘鐵、修邊和淬火的基本功夫。附近村莊佃農和長工所使用的農具，幾乎都由添丁打造、修理。

蔡榮一聽說添丁的打鐵功夫可以獨當一面了，趕緊帶著身材魁梧的蔡聲來打鐵店找劉義。

添丁看見蔡榮父子，登時冒出一肚子怨氣，更加猛力捶打砧上燒紅的鐵塊。

「我和劉師傅講事情，別吵！」蔡榮朝添丁吼。

添丁放下大鐵錘，像個木頭人，定定地聽著繼父和師父的對話。

「添丁的程度應該可以出師啦！劉師傅每個月只付給我們添丁那一點錢，會不會太少了？」蔡榮一身酒氣，話中挾帶著濃濃酒臭味。

劉義最痛恨蔡榮這種貪狠的人。他冷冷地反問：「那你要幾文錢才滿意？」

蔡榮不直接回答，卻拍拍蔡聲的肩頭，蔡聲馬上理直氣壯地說：「我去梧棲港碼頭搬貨，每日少說也賺得到十文錢。」

添丁聽到蔡聲大言不慚，勉強壓抑想跳出來揭穿他謊言的衝動。蔡聲壯歸壯，卻是怕吃苦的懶骨頭，絕不可能去碼頭當搬運工。

劉義明知這對厚臉皮的父子上門來敲竹槓，但他一心想長期留住添丁，便說：

「這樣好了，我付給添丁每月兩百文錢，一直到他滿十六歲，應該可以存個四、五兩銀子當本錢，自己開一間打鐵店。」

劉義說完，見蔡榮皺起眉頭，便裝出氣勢凌人的模樣，斷然說：「你不接受，現在馬上就可以帶添丁回家，出錢給他開一家打鐵店。」

蔡榮原本想獅子大開口，聽劉義這樣一說，只好把吐到舌尖的話嚥回肚子。他連半兩銀子也籌不出來，哪有本錢給添丁開打鐵店！就算添丁已經學到一身打鐵本領，到頭來也只能給頭家當長工，或是去碼頭當搬運工，一個月賺得到一百文錢就該偷笑啦！

「好啦！就每個月兩百文錢。」

蔡榮父子眉開眼笑地帶著兩串銅錢離開後，添丁深深覺得愧對師父，但不曉得該怎麼對師父表達心意，只能含著眼淚，一個勁更賣力地打著鐵。想不到人在隔壁的盈青居然聽出了他的心聲。

隔天盈青藉口要買雜細，陪添丁去隔壁庄送貨。

春耕時節，隨處可見農夫在趕牛犁田，空氣中不時飄來新翻泥土和牛糞的氣味。

盈青走著走著，突然停下腳步，靈動的眸光流轉著，滿面關切地問：

「昨天下午聽到你打鐵打得又快又響亮，是不是又受了什麼委屈？劉大叔又跟你講了什麼難聽話嗎？」

添丁暗自吃驚，想不到盈青竟然這麼了解他！

「不不不！師父自從正式收我當徒弟，開始教我武術以後，就沒再對我講過一句難聽話。」添丁連忙解釋，並將昨天蔡榮父子來敲竹槓的事告訴盈青。

「師父實在對我太好啦！可是我不但沒能力報答他，就連對他的滿腹感激也不知該怎麼說出口。」

添丁說著，喉頭猛然被一陣酸楚哽住，不由得更加氣憤，舉起右掌朝自己臉頰摑去，邊打邊罵：

「廖添丁，你爲什麼這麼沒路用！」

盈青嚇一跳，趕緊抓住添丁的手，瞪著他被自己摑紅的臉頰，哽咽著勸他：

「別把氣出在自己身上，命運不好又不是你的錯。」

盈青見添丁仍然苦著一張臉不說話，她好氣自己勸不動添丁，幽幽地哭著說：

「如果照你這樣說，我從小就依賴劉大叔過活，也從沒對他說過半句感謝，我豈不是更沒用，更該打！」說完也舉起右掌朝自己臉頰摑去。

添丁眼明手快，一把握住盈青的右掌，急切地喊：「好啦好啦！我們都別再氣自己。師父一直把妳當作掌上明珠，這一掌打下去，我虧欠他就更多啦！」

盈青抹一下淚水，不依不饒地質問添丁：「那你說，該怎麼做才好？」

「我要盡心侍奉師父，把他教的武藝學好，將來成爲武功高強的英雄，當一個賺大錢的鏢頭，讓妳們和我阿母都過上好日子。」

「鏢頭？你想跟黃大叔去走鏢？」盈青錯愕了一下，她從沒想過添丁會選擇鐵匠以外的工作。「劉大叔知道嗎？」

「就是師父告訴我的。他說他當初是爲了方便照顧你們母女，才會搬來這處偏僻的農村開打鐵店。可是投下本錢以後，他卻後悔了，因爲他發覺自己不忍心多賺貧窮農人的錢，甚至還給他們賒欠，所以才沒辦法讓妳們過好日子。他告訴我，想賺大錢，就要當個武藝高強的鏢頭，做走鏢生意，賺有錢人的錢。」

「可是走鏢不是很危險嗎？萬一被土匪盯上可要拚命咧！」盈青瞪大眼睛猛搖頭。她光想到添丁與土匪廝殺的情景，就背脊發涼，一陣揪心。

「放心啦！只要我練好武功，像黃虎師伯一樣威震四方，就沒有土匪敢找上我啦！」

黃虎是劉義的師兄，他跟隨師父李鐵來到台灣之後，發現這裡的生意人不但畏懼土匪，更害怕原住民下山來獵人頭，因此很看好走鏢生意，便徵得李鐵同意，離開軍隊，投入滬尾（今淡水）英雄簡大獅的鏢局，開始走鏢的生涯。

黃虎憑著高強的武藝，很快就闖出名號，當上鏢頭。李鐵遇害後，他每隔數月便會來探望師弟劉義和盈青母女，順便藉著請劉義幫鏢局打造刀槍的機會，多給一點銀錢接濟他們。

黃虎為了避免害劉義扯上江湖恩怨，拖累了師娘母女，總是趁黑夜才來探望他們。

前天晚上黃虎特意試了試添丁的身手，對添丁頗爲欣賞，當著添丁的面就跟劉義說：

「師弟，你這徒兒武骨不凡，留在鄉下打鐵未免太可惜啦！」

「等他學成武藝，如果有那股膽氣，就請師兄推薦，讓他投入簡大獅的旗下，去江湖道上闖一闖。」

劉義若有深意地看添丁一眼，接著回答黃虎：「不然就讓他守著這間打鐵店，照顧師娘母女，換我跟隨師兄去走鏢，殺遍天下盜匪惡賊，替我冤死的家人討公道！」

添丁將前天晚上黃虎與師父的對話告訴盈青。說完，突然滿懷雄心壯志，開口就說大話：

「我一定要學會高強的武藝，成爲跟簡大獅一樣的英雄豪傑，替師父完成心願！」

添丁說得眉飛色舞，盈青的心卻糾結成一團，逐漸往下沉。

等添丁發現盈青皺著眉頭不作聲，盈青已經憋不住滿懷疑慮，開口便問：

「你想當一個行走江湖的英雄，將來豈不是要離開我們？」

「我，我想當英雄，可是又捨不得離開你們，」添丁覺得左右爲難，佇足在水圳的麻竹橋上，猛抓頭。他看見在附近巡視田水、修補田埂的農人，不由得感嘆：「如果我是個種田的，就不必爲這種事煩惱啦！」

盈青瞧見添丁快抓破頭，傷透腦筋的模樣，突然心念一轉，忍不住噗哧一笑：「哎呀！你想當英雄還早著呢！你現在最要緊的，是把武功練好，何必爲那麼久以後的事情煩惱呢？」

「對呀！我眞笨！武功都還沒練好就在擔心這個。」添丁看見盈青釋懷地笑了，自己也傻傻地笑起來。

「沒錯！你就是個連感激師父的話都不會講的大笨瓜。」盈青戳一下添丁的腦袋，促狹地問：「我幫你把心意傳達給劉大叔，你要怎麼感謝我？」

添丁想了又想才回答：「等我練成武功，我要保護妳一輩子。」

盈青的臉龐笑開了一朵花，回答：「未來的事情未來再說，現在只要陪我去林子採杏果就行啦！」

自從盈青把添丁的感激之情傳達給劉義之後，劉義便開始下定決心要把添丁培養成武功高手。雖然添丁對練武興致勃勃，但劉義不想張揚自己身懷武藝，以前只准許添丁早晚摸黑，躲在屋後的樹下練習，現在則安排添丁上午在林子練武，下午在鐵店打鐵。

由於添丁的基本功底子非常紮實，經過師父的磨練指導，八極拳和青腳巾這兩套功夫使得越來越順手。才十二歲的他和師父練起八極拳對打，雙方攻守自如，招式一來一往，經常讓一旁的盈青看得渾然忘我，鼓掌叫好。當師徒倆把長辮子盤在頭上，拋射出青腳巾，高來低去的在樹林間攏盪穿梭，對練拳腳功夫時，更是叫盈青看得驚心動魄，嚇得摀住眼睛不敢看下去。

添丁練武越練越勤，短短兩年就把身體練得如同鐵打一般，武術的進境令師父嘖嘖稱奇：

「呵呵！照這樣練下去，不出三年，我苦練十幾年的武功修爲全給你學

去了。」

當師伯黃虎發現添丁武功進步如此神速，也不禁讚嘆說：「好樣的添丁！我一定要把你這個武術奇才介紹給簡大獅。他最愛提拔少年英雄。」

就在添丁苦練武術，滿懷希望朝著英雄夢邁進的當頭，卻傳來了驚天動地的壞消息——甲午（一八九四）年大清國與日本爆發海戰，大清國戰敗，隔年與日本簽定馬關條約，把台灣割讓給了日本。

聽說日本人即將來台統治，台灣社會頓時動盪不安起來。許多有錢人不願意接受異族人統治，紛紛賤賣家產逃去外國或唐山。

劉義曾打算帶著盈青母女和添丁回去唐山，但是一來添丁不忍心抛下他阿母，二來籌不出那麼多船費，只好留在台灣，惶惶不安地等待世局轉變。

大清國的軍隊撤離台灣之後，當時的巡撫唐景崧被擁戴爲「台灣民主國」大總統，號召百姓加入義勇軍的行列，準備抵抗前來占領台灣的日本皇軍。

抗日義勇軍誓死守護台灣，卻抵擋不了日軍強大的火力。經過五個月奮戰，隨著抗日義勇軍的徹底潰敗，台灣民主國也化成了泡影。

日軍全面控制台灣之後，大肆搜捕抗日義勇軍的殘餘分子。劉義聽到不少無辜百姓被誣陷、處死的消息，唯恐打鐵店遭受牽連，再三告誡添丁：

「我們的打鐵店只許打造或修理務農和廚房用的刀，絕對不許接受刀械的訂單，免得被日本人盯上。」

「還有，禁止練武！社會動亂時，擁有刀械和武功的人，最容易被當成肅清叛亂的對象。」劉義語氣嚴峻地叮嚀添丁。

「可是我不練好武功，將來怎麼去行走江湖？」

添丁非常沮喪，師父的話像枷鎖牢牢套住他。練武早就成爲他生活的重心，不練武，他覺得自己像沒裝上柄的鋤頭，再鋒利也沒用，只能擺在牆腳等著生鏽。

「別再癡心妄想當英雄的事啦！日本人的火槍太可怕了，想當英雄只會成為槍靶，還會連累到我們大家。」劉義堅決的說：

「一切以照顧盈青母女為先，否則就不配當我的徒弟！」

「請師父放心！我會牢記誓言，不管如何都要先照顧好盈青她們母女。」

「嗯！這才是我的好徒弟。從今以後，只要守住打鐵店就好。切記！如今的台灣，當英雄只有死路一條！」師父感慨地拍著添丁的臂膀，語帶哽咽。

「嗯！英雄只有死路一條！」

添丁說得堅決，心中卻一片茫然。

五、忍辱求生

日軍爲了肅清全台灣的抗日分子，到處設路障攔查台灣百姓，一發現可疑分子便立刻拘留，嚴刑逼供，施以極不人道的酷刑。台灣百姓被嚇得寧可躲在家裡，不敢隨便外出，更不敢聚眾閒聊。

風聲鶴唳之際，黃虎卻趁半夜摸黑來打鐵店找劉義。添丁被敲門聲驚醒後，聽到師父與師伯刻意壓低嗓子，在隔壁房間交談。

「唉！」劉義無奈地嘆著氣，說：「我很敬佩簡大英雄，也很想追隨他，把倭寇趕回日本去。」

「不行！你現在最要緊的是照顧好師母一家和徒弟。再等五年吧！添丁有足夠能力照顧他們母女，盈青也大了，到時候如果簡大獅還高舉著抗日義旗，我會歡迎你加入。」

黃虎跟劉義密談後便匆匆離去。

隔天，添丁見師父心事重重，忍不住開口問起昨夜的事，劉義卻面色凝重的警告他：「昨晚的事絕不許傳出去，否則會害死我們！」

「就當作你師伯已經回唐山去了！將來我如果也回唐山去，打鐵店和盈青母女就全靠你了。」

師父不許添丁再過問，添丁只好將滿腹疑問埋藏在心底。

過不久，簡大獅率領義軍潛伏在北部山區，屢屢襲擊日軍的消息就傳遍全台。

日本天皇不斷增派軍隊來台灣鎮壓抗日行動，爲了供應龐大的軍需，極力搜刮民間儲藏的糧食。許多原本就擁有廣大田產的頭家，爲了保住地位和田產，紛紛捐獻糧食和銀兩給皇軍，然後再提高佃戶的田租。於是，貧窮百姓的日子過得更苦了。

許多台灣百姓不甘心活活餓死，索性加入抗日義軍，結果只是換來日軍的無情殘殺。

戰亂造成的飢荒迅速蔓延全台灣，添丁童年的恐慌再度上演。從前來打鐵店光顧的貧農，付不出錢也會拿糧食或雞鴨來抵，如今戰爭造成糧食短缺，物價飛漲，貧農積欠的情況更加嚴重。

蔡榮經常來打鐵店耍賴。

「以前添丁的月錢可以買一斗米，現在卻連一升都買不到。以後乾脆換成給一斗米吧！」蔡榮說得理直氣壯。

添丁也不忍心讓阿母挨餓，和劉義商量之後，劉義告訴蔡榮：

「我們自己都買不起米了，去哪裡生出一斗米給你？我和添丁會去打獵、抓魚，有收穫會分給你。」

蔡榮再不甘心也只能勉強接受。所有的人都在挨餓，有東西吃就該慶幸啦！

添丁與師父赤手空拳就去山裡打野味。師父教他運用內力猛擲石頭擊昏飛禽野獸，每趟總能帶回幾隻竹雞或狸。

「師父，何不多翻過幾座山去打山羊水鹿？」

「原住民和日本人打得正激烈，進入他們地盤打獵太危險了！萬一我們出了事，誰來照顧盈青母女？」

劉義凡事都先爲盈青母女著想。

五年過去了。日本以極端的軍事手段掃蕩抗日義軍，牢牢掌控台灣之後，開始透過警察制度對台灣百姓實施高壓統治。日本警察高高在上，把台灣人視爲「清國奴」，任意侮辱動刑，台灣百姓受盡日警欺凌卻無處討公道，只能在私下叫日本警察「四腳仔」[1]出怨氣。

日本警察隔幾天就來打鐵店嚴密搜查，頤指氣使地要劉義免費幫忙打造各式各樣器械。劉義不想觸怒日本人招惹麻煩，始終忍氣吞聲，臉上掛著笑容，唯唯諾諾聽任他們支使。

添丁學不會師父隱忍的功夫，面對日本警察的壓迫欺凌，滿腔憤懣全凝聚在眉頭，時日一久，眉頭好似打了死結，皺得解不開了。

這天，劉義聽說簡大獅領軍反攻台北城被日軍擊潰，逃往廈門尋求庇護時，突然坐立不安，還大老遠跑去港口打探消息。

當添丁看見劉義眼睛充滿血絲，鐵青著臉撞進打鐵店時，心頭忽然湧現大事即將發生的預感。等他看見師父剪掉頭上的辮子，一把扔進火爐，內心頓時恐慌起來。

「可恨哪！堂堂大清國，竟然聽命於日本，在自己國內逮捕抗日英雄簡大獅，要交給日本人審判！」劉義氣憤得險些把飯桌拍垮。

隔天，劉義將打鐵店交代給添丁，鄭重地告誡他：

「我回唐山祭祖。打鐵店交給你負責，切記！世道艱險，凡事隱忍別衝動，我不在時，幫我照顧好盈青母女就是了。」

「還有，這個祕密不准透露出去——火爐底下埋著你師伯託我保管的銀元。」劉義說著，忽然哽咽了：「你師伯，唉！他應該用不到了。」

1 四腳仔：閩南語，本意為青蛙。日本殖民時期，台灣人對日本人的貶義用語。

劉義再三叮囑後匆匆離去。

一個多月後，日軍以簡大獅當誘餌，在台北誘殺了一批去劫獄的抗日義軍。添丁得知消息，內心大為不安，他隱隱覺得師父遇難了。

添丁遵照師父臨走前的囑咐，按捺住愛四處行走的天性，表面歸順日本人，剪掉辮子，牢牢守著著盈青母女和打鐵店，只有在糧食不夠吃時，才帶著盈青出門抓魚打獵。

縱使忍辱求生，日子卻還是不得平靜。

台灣總督府頒佈了「匪徒刑罰令」，隔年開始採用台灣人當監視告密的「巡查補」，大肆搜捕抗日分子。日本警察為了邀功，便任意羅織罪名，將不順從的百姓和可疑分子誣陷為叛亂的土匪。台灣人民無力反抗，只好聽任日本警察予取予求。

台灣百姓怕極了日本警察，口口聲聲稱呼警察為「大人」，甚至用「大人來了」嚇唬小孩要乖乖聽話。

附近幾庄設了日警駐在所以後，巡查部長片山次郎對添丁的打鐵店越盯越緊。爲了防止鐵店打造叛亂的武器，片山次郎不僅嚴密搜索打鐵店內外，質問添丁所有產品流向和顧客名字，就連隔壁盈青家也要搜查一番。

片山次郎肥肥壯壯，蓄著落腮鬍，口裡操著不太連貫的台語，用鴨公一般粗啞的嗓子問著話，眼睛卻總是賊溜溜地盯著盈青上下打量。

添丁發現片山次郎色瞇瞇的表情，眉頭鎖得更緊了。

十六歲的盈青模樣像出水蓮花，亭亭玉立，雖然打扮得跟普通村姑沒有兩樣，那一身粗布衣褲卻掩不住水靈靈的眉目，和姣好的臉龐。

林玉看出自己的女兒和添丁情投意合，早就跟劉義說好將來要給他們結爲夫妻。她警覺到片山次郎那雙恨不得將盈青吃下肚的眼睛，當天晚上就對添丁和盈青說：

「明年添丁滿十八歲，盈青也十七歲了，就讓你們成親吧！」

過沒多久，片山次郎上門來調查戶口，吃吃笑著問盈青：

「盈青將，美姑娘吶！幫你介紹對象呢？」

林玉立刻接口回答：「感謝大人！小女已經有未婚夫了。」

「是誰吶？」

「啓稟大人，是我！」添丁彎腰行禮回答，隨即握住盈青的纖纖小手，兩人相視默默含笑。

片山次郎被潑了冷水，鐵青著一張臉離去。從此，廖添丁那一對往上橫斜的明亮鳳眼經常在他腦際眨呀眨，彷彿在嘲笑他，令他憋了滿肚子悶氣，把添丁視爲頭號眼中釘。

片山次郎很久沒來查探打鐵店了。正當添丁和盈青以爲片山已經死心，開始爲兩人的將來編織起美夢時，片山卻又冒出來糾纏。

那天，地方上的保正奉片山的命令，集合庄民要宣布重要事情。大家忐忑地坐在保正家的屋簷下等候，不久一輛罕見的四輪自動車開進臭水庄的泥土路，停在大夥兒面前。

庄民趕緊恭敬地起立迎接大人物。想不到車門打開，先下車的人竟然是片山和蔡聲。

蔡聲穿著嶄新的黑色巡查補制服，乍看之下顯得英姿煥發。眾人看著他大步跑去開另一邊車門，像隻諂媚的狗迎出大人物，那奴顏奉承的姿態讓人覺得噁心想吐。再瞧見那位臃腫矮小的大人物居然跟哈著腰的蔡聲一樣高，外表恭敬肅立的庄民都禁不住在內心偷笑。

「這位是新上任的台中州警察署警視正大藤一村先生。」保正向庄民宣布之後，隨即恭敬地用日語向警視正一一介紹庄民。

大藤一村居然露出和藹的笑容，上前和庄民握手。

「大人好！」

庄民剛問候完，跟隨在警視正身後的片山次郎立刻板起棺材臉斥罵：

「混蛋！要稱呼『警視正大人好』吶！」

想不到大藤卻回頭用日語責罵片山：「百姓就是我們的家人，請客氣一點！」

目睹平日作威作福的片山被罵得面紅耳赤，鞠躬應諾，庄民都覺得很痛快，不自覺對眼前的大藤產生好感。

保正介紹到盈青時，大藤的眸光瞬間亮了一下，他多打量盈青幾眼，手也握得緊一些，還回頭對保正說了幾句話。

保正趕忙湊近盈青，低聲告訴她：「警視正大人說妳長得很像他已經過世的夫人。」

保正先恭送大藤上車，片山次郎抓緊時間對庄民介紹蔡聲：

「這是新任的巡查補蔡聲桑，他的指導，大家要多多聽從吶！」

庄民都識相地問候蔡聲：「大人好！」

眼見蔡聲鼻孔朝天，不可一世的倨傲態度，庄民都憋著怒火，等片山和蔡聲離去後，才出口漫罵蔡聲：

「不要臉的日本走狗！」「沒良心的三腳仔[2]！」「丟蔡家祖宗名聲的狗奴才！」

比起人人痛恨的片山次郎，大家對和藹的警視正大藤一村莫名有好感。

---

2 三腳仔：閩南語，延伸自四腳仔。是日本殖民時期，台灣人對皇民化本島人的稱呼，具貶義，意指殘廢的畜生。

六、難逃一死的罪名

由於農民生產的白米全被收繳，都提供給圍剿義軍的日本皇軍享用了，平常百姓有錢也買不到米，只好餐餐吃地瓜。農民不甘心血汗換來的收成全部賤賣給日本人，總是想方設法偷藏稻穀。因此巡查補就趁三餐偷窺附近村民是否偷吃、偷藏白米，以便告密邀功。

日本警察更過分！隨時都會闖入民宅掀開飯鍋檢查。只要家中被找到一顆米粒，就逃不過連番毒打逼供，最後白米全被沒收。

添丁偶爾會收到農民換取農具的白米，林玉便趁秋風狂吹的半夜偷煮白米飯，叫添丁和盈青起來吃。

蔡聲剛當上巡查補，急於建立功勞，便邀同期的巡查補文魁加強夜間巡邏。他從凜冽的風中嗅到一股白米飯的香氣，便挨家挨戶地去查探，果然查到正在煮白米飯的林玉。

「你的米飯怎麼來的？是不是添丁從農民那裡換來的？」蔡聲非常得意，他老早就懷疑添丁拿農具和農民換取白米。

「不，不是！是我從前偷藏的。」林玉怕連累到其他人，早就跟添丁擬好說辭。

「別以爲妳瞞得過我！」蔡聲端起那小鍋煮得半熟的米飯，喝令：「走！跟我去駐在所問口供！」

文魁卻阻止蔡聲說：「讓她繳出偷藏的白米就好啦！大家都是鄉親，不必做得那麼絕。」

「不行！查到她只有一件功勞，要是能逼供出十個偷藏白米來換農具的農民，就能得到十件功勞。」

還在睡覺的添丁和盈青被蔡聲驚動了，趕緊起床看究竟。他們跟蔡聲求情無用，添丁怕牽扯出那麼多農民，不願承認自己跟農民換白米的事，只能憤恨地問蔡聲：

「你身上流的是台灣人的血，爲什麼甘願背棄祖宗，當日本人的爪牙來陷害鄉親？」

「哼！片山桑的說法才是道理。他說我們台灣更早之前被紅毛仔統治過，後來又被國姓爺和清國統治，現在被大日本國統治是改朝換代。我歸順爲日本人是理所當然，並不是背棄祖宗。再說，我阿爸也支持我當巡查補。這樣，頭家就不敢再給我們臉色看啦！」

蔡聲沒絲毫愧疚，反而高傲地教訓添丁：「現在連妳阿母都受我庇蔭，有白米好吃。你應該感到慚愧才對，怎麼反倒指責我呢？不識好歹！」

添丁和盈青眼睜睜看著蔡聲帶走林玉，兩人擔心了一夜，大清早就去駐在所探望，但是林玉已經被帶去警察署問口供。

兩人憂心如焚卻無計可施，回家苦苦等候到中午，林玉居然搭著警察署的自動車回家，手上還拎著一袋白米。

「大藤一村認爲我受了冤屈，還送這袋米補償我。」林玉喜孜孜對兩人說：「想不到日本警察也有好人。」

幾天之後，大藤一村意外地來探望林玉，又贈送一袋白米給她們母女。

對於大藤一村的特別禮遇，添丁隱隱覺得其中必有蹊蹺，可是他還來不及探究，麻煩已經先找上他了。

這天片山次郎帶領幾名武裝巡查來到打鐵店，二話不說就把添丁押到駐在所問口供。

「說！你把火槍藏在哪裡吶？」

添丁被片山問得一頭霧水，只能回答：「小的沒有火槍，請大人明鑑！」

片山見添丁矢口否認，便喝令蔡聲：「去！拿證物來吶。」

添丁認出蔡聲拿來的證物，不就是自己昨天送去給阿母的果子狸嗎？

「這隻狸就是被火槍吶，射出的鐵彈打死吶。」片山接過蔡聲呈上的狸和鐵丸，指著獵物血跡斑斑的凹陷頭部，怒斥添丁：「看清楚吶！鐵彈本來吶，卡在脖子毛皮下面吶。」

添丁不禁懊惱起來！之前他擔心自己用武功打獵的秘密洩漏出去，總會先將卡在獵物體內的鐵丸取出，再送去給阿母。昨天打死這隻果子狸，從傷口找不出鐵丸，不想卻是滑進脖子了。

見添丁不承認，片山的四方臉氣得脹紅，落腮鬍怒張著斥罵：

「混蛋！不認罪就動刑吶！」

「稟告大人，小的是用手打死獵物的。」

添丁逼不得已，只好實話實說。想不到滿屋子的人聽到都大笑起來。

蔡聲指責添丁：「我們拿高砂仔[3]繳出的獵槍去打獵，都很難打死果子狸了，你竟敢說大話騙部長大人，罪加一等！」

「稟告大人，小的確實是用手打死獵物的。」

添丁內心十分清楚，自己要是承認藏匿火槍，接著就會被誣陷為叛亂土匪，到頭來只有死路一條。

3 高砂仔：日本殖民時期，日本人對高山原住民的稱呼。

蔡聲急著將添丁定罪，建立大功，便私下對片山建議：

「既然廖添丁死不認罪，何不押他到樹林，看他怎麼空手用鐵丸打獵。要是他去追獵物，我們就當他想逃走，趁機開槍打死他。」

片山聽了笑呵呵，拍著蔡聲的臂膀讚許他：「對！他一死吶，接下來的事情就好辦吶！」

等蔡聲徵調來獵戶，片山馬上率領一群巡查，持槍押著添丁來到樹林當中。

蔡聲拿一把鐵丸給添丁，譏笑說：「你那麼厲害！這些夠把一隻果子狸打成肉醬啦！」隨行的日警也都跟著喧嘩嘲笑，舉槍準備瞄準添丁的後背。

獵戶在添丁面前打開鐵籠，籠中關著的果子狸倏地竄出，一眨眼就逃到幾丈外的樹下。添丁早就暗自運好內力，抓準果子狸躍上樹幹的剎那，擲出扣在手指上的那粒鐵丸。

「咻－」在場眾人聽到鐵丸尖銳的破空響聲，接著「叩」一聲，竄上樹幹的果子狸瞬間斃命，跌落樹下。

眾人作夢也想不到添丁竟然出手如神，頓時瞠目結舌，愣在當場。

片山次郎回過神後，警覺到添丁手勁的厲害，趕緊喝令他：

「交出來吶！你手上的鐵彈。」

添丁乖乖將其餘的鐵丸交到一名巡查手上。他滿心以爲自己接下來應該沒事了，不料片山竟然下令：「銬住他！帶回去！」

一名巡查走過來抓住添丁的手，隨即拿出手銬要銬他。

「我沒犯罪！」添丁不自覺地抽出手反抗。

「混蛋！敢反抗吶！」

片山仗著自己是柔道高手，想趁機在眾人面前展現威風，便衝向添丁，抓住他的手臂和胸口猛地來個過肩摔。

添丁突然被摔在地，不自覺便反手擒住片山的手拉向自己，伸腿朝他的後腰一蹬，片山馬上殺豬似地哀號起來，癱倒在添丁身上。

「混蛋！快放開部長！」日警舉槍圍攏過來。

添丁起身，順勢扶起片山。片山摀著後腰，蹣跚走開幾步突然喝令手

下：

「開槍！」

添丁警覺危險，一個魚躍滾翻，人已經站在片山身後，右手使鎖喉功，左手使擒拿手，架著片山往後退，喝令他：

「叫你手下別過來！」

片山可不敢賭命。他一示意，手下都停下腳步。

添丁知道片山存心要置他於死，脅持片山退到林子深處之後，本想殺了他，卻擔心日本人找盈青母女出氣，便打昏他，隨即使出青腳巾功夫，火速盪往遠處。

背後此起彼落的槍聲，逐漸聽不到了……

添丁在深山躲藏，靠打獵採果雖沒渴著餓著，心中卻越來越惦念阿母和盈青母女。

「片山次郎愛耍威風又狠毒，我讓他在手下面前丟盡了臉，他絕對不肯放我生路了！」

添丁越想越後悔：「唉！當時如果忍耐住就好了！如今我被可惡的四腳仔追殺，阿母和盈青一定擔心死了！」

躲了一個月，添丁一想到盈青，便覺得心被割走了一大塊，又疼痛又空虛。他跟盈青天天在一起已經八年了，兩人是那麼相知相惜，原本還要手牽手走過一輩子的，如今卻因爲……唉！他一想起盈青就心痛得直掉淚。

「師父再三叮嚀我要照顧好盈青母女，我卻因一時衝動，違背了對師父的承諾！打鐵店沒有我，盈青母女無法掙錢，該怎麼過日子啊！」

添丁越想越氣自己，忍不住一拳朝樹幹打去，冷冽的露水立刻滴滴答答淋得他精神一振。

「我冒死也要把火爐底下藏著銀元的祕密告訴盈青。」

添丁打定主意，便從樹林間潛行回去臭水庄附近，等到黑夜再潛進庄內，登上屋頂。

冷風如飛刀咻咻地颳著。添丁低伏身軀在屋頂上潛行，來到打鐵店對面查探。他發現門前有兩個持槍的巡查，路上還有三個踱來踱去的人影。

添丁躲開巡邏的日警，繞到打鐵店屋後，發現沒日警在把守，便潛入屋後的林子，從搖曳的樹枝下到屋頂，來到盈青房間上頭，再小心翼翼地拿開幾片屋瓦，一看下方沒任何動靜，便輕手輕腳地跳下去。

添丁人在半空就瞥見床上坐著一個人，等聞到盈青身上熟悉的香味時，驚駭的心情頓時變得激動起來。

「添丁嗎？」

「嗯！」

添丁一湊近床邊，盈青立刻緊緊抱住他。

「我就知道你一定會來找我，我就知道……」

盈青的淚一下就注滿添丁的肩窩，淌到他的心口。盈青明知自己與添丁的美夢已經破碎了，但仍心甘情願成爲添丁的女人。

兩人捨不得太早分離，依偎在一起絮絮低語。對於蔡聲和片山的陰毒陷害，兩人都非常氣憤，卻莫可奈何。

添丁將埋藏銀子的祕密告知盈青，萬分愧疚地對盈青承諾：

「我計畫變裝改名，先逃到大稻埕發展，再找機會接你們母女去台北住。請妳找機會偷偷告訴我阿母，免得她擔憂。」

「嗯！四腳仔誣賴你是叛亂土匪，在大街和市場貼了許多懸賞你的告示，你千萬要小心，被抓到可是死罪！」盈青柔情似水在添丁耳邊許諾：「我已經是你的人了。不管多久，我都會守在這裡等著你。」

七、結識各方角頭

添丁剃光頭髮和那一對顯眼的劍眉，換上搬運工的裝扮，額頭綁著汗巾，來到梧棲港。他計畫趁黑夜偷偷登上開往大稻埕的商船。

可是他一來到港口，竟意外發現港口張貼的通緝告示當中，並沒有他的名字，就化名爲「廖得男」，從容的去應徵船上的搬運工。

「看不出這人瘦瘦的咧，卻是大力士咧，廖得男錄取吶！」

日本船主稱讚添丁扛著重物還健步如飛，要他馬上加入裝貨船工的行列。

剛入冬，九降風異常猛烈，颳得扛貨物的搬運工左搖右晃，只有添丁腳步沉穩，絲毫不受風勢影響。

「救命呀！夫人被風吹落海啦！」

眾船工放下貨物，跟隨呼救的丫嬛跑到船頭，落海的夫人早已沉入水中，只見船主趴在船首嚎哭。

添丁毫不猶豫就往海裡跳，憑著他過人的水性，一下子便將溺水的夫人救了上來。

添丁救了日本船主最喜愛的姨太太，船主十分感激他，除了重金酬謝，還介紹他到大稻埕永樂町（今迪化街）的茶行當伙計。茶行頭家是和氣的台灣人，他聽日本朋友說這個廖得男身手了得，當天就把天花板上的半樓挪出來給他住，順便提防盜賊。

添丁來到繁華的大稻埕，看見自動車、馬車和人力車來來去去，台灣人、西洋人和日本商人比肩隨踵經過店門口，這才曉得什麼叫「見過世面」。

夜裡，添丁經常在半樓的小窗望著霓紅閃爍的街道，遐想自己將來陪伴盈青在這裡生活的情景。他時時刻刻都忘不了盈青，夜深人靜時，只能收斂心神，練功來排遣那椎心的思念。

來茶行光顧的客人多半是有錢人，他們出手闊綽，待人一團和氣。

添丁望著客廳牆上的「和氣生財」大木匾，忍不住對茶行頭家感嘆：

「哇！這裡的有錢人都和氣又大方，不像我們鄉下頭家都傲慢又吝嗇，連一點稻穀都要跟佃戶斤斤計較。」

「呵呵！他們做生意賺的是十方錢財，不像鄉下地主，收的田租大半還要繳稅給總督府，巴結日本警察，想發財當然要對佃農苛一點。」

一聽到「日本警察」，添丁便想起他和盈青被迫分離的冤屈，登時一肚子怨恨，忍不住又問：

「可是日本警察分明沒盡到他們該盡的責任，害你每個月都得繳保護費給黑社會角頭，爲什麼你還要貢獻上等茶葉巴結他們？」

「唉！現在是日本的天下，我們做生意賺錢，別讓麻煩找上門就該偷笑啦！這就叫『破財消災』。」

每個月來查戶口的巡查部長小泉一郎對頭家予取予求，添丁都看在眼

請填妥後對折裝訂，直接投郵即可，免貼郵票。

廣告回函
台灣中區郵政管理局
登記證第267號
免貼郵票

晨星出版有限公司

407 台中市工業區30路1號

TEL：（04）23595820

e-mail：service@morningstar.com.tw

請對摺裝訂後寄出

姓　　名：________________

e-mail：________________

地　　址：□□□ ______ 縣／市 ______ 鄉／鎮／市／區 ______ 路／街

______ 段 ______ 巷 ______ 弄 ______ 號 ______ 樓／室

電　　話：________________

我要收到蘋果文庫最新消息　□要　□不要

我要成為晨星出版官網會員　□要　□不要

我是 口女生 口男生　　　　生日：＿＿＿＿＿＿＿＿

購買書名：＿＿＿＿＿＿＿＿＿＿＿＿＿＿＿＿

請寫下您對此書的心得與感想：

□我同意小編分享我的心得與感想至晨星出版蘋果文庫討論區。
（本社承諾絕不會將您的個人資料外流或非法利用。）

貓戰士鐵製鉛筆盒抽獎活動

請將書條摺口的蘋果文庫點數黏貼於此，集滿3顆蘋果後寄回，就有機會獲得晨星出版獨家設計「貓戰士鐵製鉛筆盒」乙個！

點數黏貼處

活動詳情 http://www.morningstar.com.tw

裡，越看越不順眼。

這天小泉一郎高高在上地走進茶行，坐下來喝幾杯茶，嚴肅地對頭家宣告政令後，便習慣地脫下防風大外套披在椅背上，再進去茶行倉庫檢查。

頭家趕緊打包幾包上等茶，交代添丁：

「你幫我把這幾包茶葉塞進巡查部長的大衣，我進去倉庫陪他。」

添丁極度厭惡這個要好東西卻不給好臉色的四腳仔，因此只「偷送」一包茶葉給小泉，將其餘的放回貨架上。小泉要離開了，他拿起大衣，掏了掏口袋，忽然臭著臉放下大衣，惱怒地翹著嘴唇離開。

頭家發覺不對頭，趕緊拿起小泉的大衣察看，隨即責怪添丁：

「你好心替我省幾包茶葉，只會害我損失更多。」

添丁只好再將貨架上那幾包茶葉塞進大衣口袋，衝出門追上小泉。

「大人，您的大衣忘記拿了！」

小泉冷冷地斜睨添丁，倨傲地抬起雙臂，添丁只得強忍怒火，幫他穿上大衣。

小泉摸摸口袋，露出一絲微笑，離開之前卻又輕蔑地瞥一下添丁，那一副輕賤鄙夷的嘴臉，足夠叫添丁痛恨一輩子了。

添丁回去之後，忍不住爲頭家叫屈，問：

「頭家你規規矩矩做生意，何必破財去巴結日本警察？這樣只會讓可恨的日本警察吃定你。」

「唉！沒辦法！不這樣孝敬日本警察，萬一讓他們找到栽贓罪名的機會，我就完啦！」

添丁領教過四腳仔的黑心殘酷，縱使心底對他們痛恨至極，也只能學頭家笑臉迎接那些上門「接受孝敬」的不速之客。

可是對於每個月來茶行強索「保護費」的角頭老大，添丁終於忍耐不下去了，站到頭家前面質問他們：

「我們頭家規規矩矩做生意，受盡日本警察的敲詐已經夠可憐了？可是你們明明是台灣人，爲什麼要這樣欺負台灣人？」

帶頭的流氓怒騰騰地推開添丁，不客氣地回答：

「這是強者的世界，你們是弱者，想要做生意賺錢，就得乖乖交出保護費。」

頭家想花錢了事，添丁卻又迎上前，冷冷地反問流氓：

「照你這麼說，如果我比你們強，是不是該換你們要送我保護費？」

「我用拳頭送你保護費！」流氓說著出拳便打。

添丁閃開對方的拳頭，假裝逃到大街上，五名流氓立刻追上來，將他團團圍住。

街上往來的人車看見流氓欺負人，有的連忙閃開，有的駐足圍觀。帶頭的流氓發現那麼多人看熱鬧，想趁機出風頭立威，便率先出手教訓添丁。想不到他用來欺負善良百姓的拳腳功夫，對這個平頭小夥子竟毫無威脅。

其他四個流氓見大哥一陣拳打腳踢，都被添丁輕鬆擋開，吆喝一聲，五個人十隻拳腳，同時朝這名不尋常的對手招呼過來。不料添丁猛地下蹲，一眨眼間使出連環掃堂腿。

頃刻間，五個流氓全都狠狠摔倒在地。

流氓們不甘心，起身再打。添丁見流氓死命糾纏，只好使出八極拳應付。沒兩下子，五個流氓就被他打得鼻青臉腫，抱頭鼠竄。

添丁聽到看熱鬧的人齊聲爲他鼓掌喝采，抱拳致意一下，連忙鑽出人群，閃入茶行。

「唉呀！你太衝動了！那些角頭分子一定會再來報復。」頭家愁眉苦臉地對添丁抱怨：「你想幫我省一筆小錢，卻害我要花大錢請小泉大人幫我解決這一樁恩怨啦！」

「頭家請放心！」添丁拍胸脯：「不必找小泉幫忙，我廖得男用性命保證，一定會保護你和茶行周全。」

隔天，永樂町的角頭老大火旺仔果然找上門來。添丁發覺頭家臉色煞白，又看見進門的人一身江湖氣息，立刻提高警覺。

火旺仔西裝革履，很有派頭地摘下紳士呢帽，交給門口的添丁掛在帽架，跟隨頭家走向茶几，坐下來吸菸斗。

「你爲什麼找打手教訓我手下？」火旺仔開門見山問。

添丁知道火旺仔西裝裡藏著火槍，頭家才會嚇得泡茶的手不住顫抖。他摸摸腰帶內藏的鐵丸，站到頭家身邊行禮說：

「火旺老大請別誤會，我只是茶行的伙計，不是打手。」

火旺仔剛進門就感覺這個平頭劍眉，目光如電的青年身懷武功。他不想先得罪對方，平心靜氣地詢問昨日衝突的經過。

添丁解釋完，火旺仔又問：

「你的身手這麼好，一定學過武功，師門是哪裡？」

添丁怕說出師門會洩漏自己的眞實身分，遭日警緝捕，便回答：

「我只跟庄頭治跌打的師傅練過幾年，沒有師門。」

火旺仔見對方刻意隱瞞，臉色一變，菸斗重重朝菸灰缸一磕，起身脫下西裝，抱拳說：

「你不肯透露師門，我倒是想討教討教。」

添丁見火旺仔擺出拳術的起手式，爲了避免再給頭家添麻煩，只好說：

「小弟師承自唐山來的李鐵師父。」

添丁認爲對方不可能聽說過師祖的名號，沒想到對方卻滿面欣喜地嚷：

「原來你跟他是同一個師門，難怪年紀輕輕，武功就這麼厲害！」

火旺仔的話讓添丁聽得一頭霧水。火旺仔卻不理會添丁的反應，只管湊上前拉著他的手，回頭對茶行頭家招呼：

「借你的伙計出去聊一聊，我保證平安送他回來。」

火旺仔熱切地拉著添丁來到一處無人的角落，隨即神祕地對添丁耳語：

「我跟黃虎鏢頭是好朋友，才曉得李鐵是他的師父。黃虎還教過我武功咧！你看——」

添丁乍見火旺仔擺出八極拳的起手式，大喜過望，也擺出相同的架勢，與他過了幾招。

原來火旺仔從前擔任大稻埕富商的貼身保鑣，由於主人經常委託簡大獅的鏢局護鏢，因而與黃虎交上了朋友。

火旺仔因爲娶了知名的戲班花旦，結識不少江湖人士。日本占領台灣以後，他的主人舉家遷回唐山，於是他仗著一身武藝和膽氣加入黑社會，成爲角頭老大；而黃虎追隨簡大獅投入抗日行動。從此兩人便失去聯絡。

火旺仔聽添丁講完他拜師學藝的經過之後，語重心長地說：

「得男兄弟，忘掉你師父和師伯的仇吧！武功再高強，也拼不過日本人的火槍大砲。日本人處決簡大獅之後，把他跟他手下的親朋好友都列入叛亂土匪名單。所以我們的過去絕對要保密，否則被日本人盯上，就是死路一條！」

添丁想起師父跟師伯，難過地嘆息：「難道說，生爲台灣人，就該承受這樣的悲哀！」

火旺仔摟著添丁的臂膀，安慰他：「識時務者爲俊傑。生在亂世，能讓自己和家人好好活著，就很了不起啦！」

火旺仔非常欣賞添丁的身手與膽識，一再邀請他加入自己的角頭，雖然添丁說要考慮，遲遲未答應，但他仍然當添丁是自己的小兄弟，經常請添丁吃飯。

後來添丁正式接受火旺仔聘請，晚上去傳授他手下武術。

火旺仔與幾名重要的手下經常在酒家林立的太平町（今延平北路）聚會，因爲和添丁工作的茶行只隔一條街，每次都會邀添丁一起吃飯。

這日他們一來到太平町，火旺仔就開玩笑地煽動添丁：

「得男兄弟，這回讓你挑，看你喜歡哪個酒家女，我們就去那一家捧場。」

添丁瞬間紅了臉，吶吶地回答：

「我只喜歡跟你們幾位大哥一起喝酒聊天，不喜歡酒家女。」

「說嘛！大男人何必害羞！」其他角頭兄弟在一旁起鬨。

「那就選不會碰到日本警察的酒家。」

添丁才說完，其他人就異口同聲問：「爲什麼？」

「每次只要日本警察知道火旺老大在場，就挨過來賴著不走，讓火旺老大幫他買帳，讓人看了又氣又恨！」

火旺仔苦笑說：

「沒辦法！誰叫大清國吃敗仗，把我們都賠給了日本！現在日本人當家作主，想要在江湖立足，只能乖乖繳保護費給角頭的日本警察。」

添丁豎起劍眉，咬著牙冷冷地說：「加入黑社會反而要看日本警察臉色，我這麼痛恨日本警察，加入黑社會只會壞了你們的事。」

添丁將片山次郎和蔡聲聯手陷害他的事說出來，火旺仔和他的手下聽了都很氣憤。

火旺仔從此不再慫恿添丁加入黑社會。

八、化解角頭紛爭

上午，茶行剛開張，火旺仔的手下就匆匆闖進來找添丁：

「得男兄弟，太平町的角頭跟我們槓上了，兩邊準備談判，不成就要火拼。火旺老大想請你出面助陣。」

添丁趕緊跟頭家請假。

「你去吧！自己小心。」頭家關心地說。一年來，添丁幫他省下的保護費夠他多請好幾個伙計，所以他從不計較添丁請假。

兩人叫了三輪車，催促車伕火速趕路。添丁沿路聽了說明，才曉得引發兩邊角頭糾紛的禍首，竟然是四腳仔小泉一郎。

幾天前，小泉請一票朋友到太平町的黑美人酒家飲酒作樂，還帶多名酒家女出場，竟然硬將那一大筆帳簽在火旺仔名下。後來火旺仔不願買帳，酒家老闆阿添舍就請太平町角頭老大飛龍出面收款。兩個角頭老大爲了各自利益爭執不下，只好約定在黑美人酒家談判。

酒家還沒開張，可是添丁一進門就看見大廳擠滿了人，雙方人馬怒目對峙，似乎正準備要衝上前拚命。酒家女們全跑出來，倚著樓上的迴廊，邊化妝邊看熱鬧，顯然已經看慣這種劍拔弩張的場面。

「單憑小泉的一句話，也沒經過我同意，這樣的一大筆帳，我實在吞不下去！」火旺仔反咬酒家老闆阿添舍一口：「你們不敢找小泉收帳款，就賴到我頭上。休想！」

阿添舍趕緊反駁火旺仔：「小泉是你角頭的巡查部長，每回你們一起來喝酒，都是你幫他付錢。這回當然也不例外呀！」

「錯！這回當然例外！因爲我人不在現場，你們讓小泉簽我的帳，錯在你們，損失也應該自己承擔。」

飛龍見火旺仔說得理直氣壯，便開口潑他冷水：

「如果黑美人去找小泉，說你不肯買他這筆帳，我想他只要使一點小手段，你就別想在永樂町混下去啦！」

「我永樂町混不下去，你也別想好過！」火旺仔怒騰騰拍桌，起立指著飛龍：「到時候我就過來太平町搶你的地盤！」

「你敢！」飛龍也暴跳起來拍桌。

雙方人馬見撕破臉了，立刻就亮出傢伙，只等老大一聲令下就衝向前拚命。

「別動手！請聽小弟一言。」添丁在門口喊。

飛龍幾名手下乍見一個瘦小子開口說話，不滿地指著添丁斥喝：

「閉嘴！這裡輪不到你說話！」

只見瘦小子將一條布巾射向屋樑，身影驀地騰空飛起，在眾人頭頂上盤旋飛繞幾圈，然後穩穩降落在兩名角頭老大中間。眾人瞠目結舌之際，他已經迅速收回布巾紮在腰間。

火旺仔見天降神兵，得意地說：「得男兄弟，有話請說！」

「不行！」飛龍背後那三名打手霍地站出來，指著添丁罵：「不懂規矩的臭小子！你以爲耍了那幾手猴戲，就有資格說話嗎？」

飛龍也想藉機挫一挫對方銳氣，就告訴添丁：「以你的年紀，根本沒資格在我面前說話。不過，如果你敢挑戰我這三個手下，打完還能夠說話，我就破例讓你發言。」

「那小弟就得罪了！」添丁抱拳。

阿添舍趕緊使喚伙計清出比武空間。

飛龍的手下先是輕率的輪番上陣，不想卻一個又一個被對手打回，於是便全力圍攻。

酒家女們見添丁武藝出眾，目光逐漸集中在他身上，開始幫他喝采。

纏鬥一陣之後，添丁的內力開始被激發出來，利用肩、肘、膝、足與三名對手近身搏鬥，即使身上中了幾下拳腳，也沒有損傷。反觀三名對手，因爲沒有內力護身，筋骨都被添丁震傷了，越打越虛弱乏力。

飛龍也懂武術。他三個最厲害的手下聯手竟奈何不了對方，眼看就要氣空力盡。反觀對手的精神卻是越來越抖擻，力氣源源不絕。

飛龍眼看自己的三名手下就要一敗塗地，開始懊惱自己錯估了形勢，當眾丟盡面子。想不到對手卻往後一跳，朝他抱拳行禮說：

「飛龍老大，在下已經挑戰過了，可否容許在下說話？」

飛龍知道對手存心給自己留下面子，趕緊打手勢制止手下的攻勢，客氣地回答：

「小兄弟是絕頂高手，有資格在我面前坐下說話。」說完親自拿椅子請添丁就座。

添丁起立抱拳對火旺仔、飛龍和阿添舍說：

「三位大哥在地頭做生意，都要看四腳仔的臉色，小泉看準這點，假借火旺老大的名義簽帳。火旺老大不擔下這一大筆錢，酒家就得全額損失，而飛龍老大便失了面子。現在雙方在這裡火拼起來，不只死傷慘重，還會驚動日本總督府，到時候酒家恐怕也無法再經營。」

其他三人聽到這裡，都神色凝重地點點頭，望著添丁，要他繼續講。

「與其三方玉石俱焚，不如三方達成協議，共同分攤這筆損失。日後三位就能利用這次事件當藉口，避免再讓四腳仔冒名簽帳。」

「好！就這麼辦！」阿添舍大聲附和。眼看著兩位角頭老大還在僵持，他擔心雙方火拼起來，自己的酒家將付之一炬，於是豪氣地說：

「慶祝協議成功，請兩位老大和切磋武藝的四位英雄留下，讓我好好招待一番。」

飛龍存心結交添丁，便賣個順水人情，爽快的說：

「我飛龍今天就和得男兄弟交個朋友，買下這筆帳。」

「太好啦！我們一起想個對策應付四腳仔，別再讓他們吃得死死。」火旺仔伸出雙手，其他三人的雙手也欣然搭了上去。

阿添舍領他們來到最豪華的包廂，朝外頭吆喝一聲，打扮妖豔的酒家女們隨即蜂擁而入。

「得男英雄，今天你的功勞最大，你先挑兩個喜歡的。」

酒家女們剛才目睹過添丁的身手和膽氣，都非常愛慕眼前這位剛毅的年少英雄，紛紛依偎了過去。

添丁卻只挑中一個身形清瘦、面帶憂鬱的酒家女，她是剛賣身來酒家的謝蓮。

阿添舍叫一團走唱的那卡西來助興。大夥正喝得開心，添丁卻皺著眉頭問歌女：

「妳明明是台灣人，爲什麼唱來唱去都是日本歌，不唱台灣歌？」

歌女愣愣地望著阿添舍，阿添舍趕忙替她解釋：「總督府規定走唱藝人不能唱台灣歌，否則就要罰錢、禁唱。」

「可惡的總督府！又要將台灣人教化成日本人，又不公平對待台灣人，咱台灣人怎能心服？」添丁氣憤難平，內力一發出去，居然將手上的瓷酒杯捏了個粉碎。

阿添舍唯恐添丁批評總督府的言論傳出去，連忙遣走那卡西和酒家女們，低聲勸添丁：

「得男兄弟，你那麼痛恨日本人嗎？這種話只能藏在心頭，說出來可是會被抓去審問、判刑啊！」

火旺仔趕緊將添丁被片山次郎誣陷，不得不離開故鄉和愛人的事說出來。

「難怪得男兄弟看起來總是心事重重，對酒家女也那麼冷淡。」飛龍的手下對添丁敬酒說。

「得男兄弟何不偷偷去把你的愛人接來大稻埕，我安排一個安全的地方給你們住。」

聽飛龍這麼一說，添丁腦海立刻浮現盈青的諾言：

「我已經是你的人了。不管多久，我都會守在這裡等著你。」這句話添丁已經默唸過上萬遍，此刻心底依然湧上一股柔情蜜意。

「多謝飛龍老大！小弟很想這麼做，只是一來沒能力讓盈青母女過好日子，二來擔心四腳仔，就怕接不走她們，反倒害了她們。」添丁回答。

「有我在，保證讓你們一家有好日子過！」火旺仔趕緊慫恿添丁，拍胸脯說：「我丈人許灰精通易容術，我請他教你幾手，就不會被四腳仔識破身分了。」

離開酒家之後，火旺仔就帶添丁去拜會許灰。

許灰從前是歌仔戲班的班主兼化妝師傅，極愛好武藝，透過火旺仔牽線，添丁跟許灰很快便成為忘年之交。

許灰不僅教添丁化妝易容，還教會他模仿形形色色的人物姿態和習性，並且運用假聲說話。

才短短兩個月，添丁易容成酒家女，回到茶行跟頭家討價還價，連頭家都被他瞞過了呢！

九、返鄉接愛人

炎炎夏日，添丁梳了個烏黑油亮的西裝頭，頂著平頂草編帽，戴上墨鏡，穿著短襯衫西裝褲和皮鞋，裝扮成一名茶商，登上開往梧棲港的客輪。添丁右手拎著皮箱，隨著人潮走向客艙，忽地感覺後褲袋抽動一下，左手閃電一握，擒住了偷他皮包的扒手。

穿花襯衫戴灰鴨舌帽的扒手反應也很快，他左手被牢牢擒住，卻火速伸出右手，將左手上的皮夾塞回添丁的褲袋，隨即大聲質問添丁：

「你抓我的手幹嘛？」

添丁見對方如此狡猾，一時拿他沒辦法，便開口嚇他：

「反正你在船上也逃不掉，等船到梧棲港，我再抓你去見大人。」

想不到對方居然嚇得面如死灰，纏著添丁不讓他下去客艙，苦苦哀求：

「少年頭家，別這麼絕嘛！我又沒偷到你的皮夾！」

添丁聽出對方的廣東口音，料想他也是出外流浪的人，便寬容地說：

「還好你沒偷走我的皮夾，壞了我的終身大事，不然我絕對不放過你！」

「有那麼嚴重嗎？」對方皺著布滿痘疤和皺紋的臉問：「不就是一個小皮夾？」

「好吧，給你瞧！」添丁掏出皮夾，取出一枚金戒指在對方面前晃了晃：「我存了半年才買到的求婚戒指。」

對方瞇著小眼睛，賊溜溜地打量添丁：「你這身行頭，分明是有錢的少年頭家，一枚金戒指算什麼！」

「我這身打扮都是爲了去求婚，臨時向別人借的。噯，別問我的事了，說說你自己吧！去梧棲港做什麼？」

「我？」對方看了看甲板上沒別人了，便誇口說：

「我是香港最出名的扒手，叫紅龜仔，因爲不服氣英國人統治，專門扒那些紅毛番的錢胡亂花用。後來因爲錢撒得太兇，被港警盯上，才跑來台灣發展。想不到東洋番[4]比紅毛番更貪更嚴更狠，害我找不到機會施展身手，只好四處流浪！」

雖然紅龜仔是個扒手，添丁對他卻有一種「同是天涯淪落人」的親切感，也很喜歡他的直爽，便掏出皮夾，分一半的錢給他：「拿去當本錢，做個小生意吧！」

「從來只有我紅龜仔施捨別人，沒有別人施捨我紅龜仔的。」紅龜仔不願拿添丁的錢，苦笑說：「如果你不嫌棄我，就讓我跟著你到處走走看看吧！」

添丁覺得多一個人多一分照應，也可以掩飾自己的身分，便低聲回答：「好吧！不過跟在我身邊，風險更大喔！」

4 東洋番：意指日本人。

添丁將自己返鄉求婚的緣由告訴紅龜仔，紅龜仔非但毫無懼色，還拍胸脯說：

「應付警察我最在行！我們見機行事，保證讓你平平安安接走盈青母女。」

下船之後，添丁一臉猶豫不說話，惹得紅龜仔不愉快地嚷：

「添丁，你要是嫌棄我，不讓我跟，說一聲就好，何必悶在心內！」

「你別誤會！我是擔心你這身打扮不像茶行伙計，會被四腳仔識破身分。」

「那簡單！」紅龜仔脫下花襯衫和鴨舌帽，丟棄在草叢。再看看身上的汗衫和西裝褲，又說：「再到街上的剃頭店理一個平頭，換一件麻布褲，就像你的伙計啦！」

「委屈你了！」添丁滿臉歉意說。

「當我是朋友，就別這樣說。」

紅龜仔說著說著，竟然淚流滿面：

「我是個孤兒，從小到大，從來沒有人像你這樣，對我這麼好！爲了你，我連命都可以不要，哪在乎這點身外之物。」

添丁聽了心頭一熱，想安慰紅龜仔，卻不禁哽咽了：

「好！從今以後我們就是好朋友，永遠不離不棄！」

經過幾處村莊，添丁對眼前的土角厝、茅屋和石子路越來越熟悉，心中忽然一陣甜蜜，一陣緊張。他與盈青雖有山盟海誓，但是一想到要開口「求婚」，便感覺舌頭發硬起來。他請教紅龜仔，但紅龜仔教他的甜言蜜語都不夠含蓄，讓他覺得配不上盈青。

兩人來到臭水庄外，添丁依計畫躲進樹林，讓紅龜仔先去打鐵店附近查探。

紅龜仔一回來就吞吞吐吐地說：「添丁，情況似乎有點，嗯，不太對勁！」

添丁聽紅龜仔這樣回報，連忙問：「有四腳仔埋伏嗎？」

「不見半個四腳仔。」

「那太好了！我們今晚就接走她們母女——」添丁大喜過望的說完，察覺紅龜仔神情詭異，駭然地問：「發生什麼事了？」

「你是人還是鬼？」紅龜仔吶吶地問。

添丁猛地拽過紅龜仔的手來摸自己蹦蹦跳的心臟：「鬼的心會跳嗎？情況到底怎麼樣，快說啦！別跟我扯鬼話！」

「我看到屋後有一座墳墓，墓碑刻著你的名字。還有，我看見盈青家和打鐵店都鎖得緊緊，就去附近打聽，都說她們搬家了，搬去哪裡卻沒人曉得。」

添丁彷彿被雷劈中，整個人瞬間陷入痲木，過片刻腦海才浮現盈青的諾言。

「不可能！妳說不管多久，都會守在這裡等著我！」添丁失神地喃喃自語。

紅龜仔看見添丁突然遭受打擊而失魂落魄，趕緊安慰他：

「莫絕望！我們快去查清楚。」

兩人來到盈青家，紅龜仔掏出一根鐵絲，折成鑰匙形狀，不一會兒便將門上的銅鎖打開了。

「我在門口把風，你進去查探。」紅龜仔把添丁推進門。

添丁一推開門，「廖添丁」的牌位赫然豎立在供桌上。他暫且壓抑滿腔的不祥預感，進去裡頭的房間搜查，發現家具廚具都還在，但是卻蒙著厚厚一層灰塵蛛網。更奇怪的是，盈青母女的私人衣物都不見了。

添丁又請紅龜仔打開隔壁打鐵店的門鎖，發現家具器物也是塵封已久。他拿牆角的鐵鏟朝鼓風爐下挖，才挖一尺深便挖出一小袋銀元。

「為什麼盈青要立我的牌位？到底她們搬去哪兒？怎不把錢帶走？」疑團在添丁腦海翻攪，讓他心亂如麻，理不清思緒。

「去問我阿母，她也許知道。」

兩人離開時，添丁去查看屋後樹下那一座「廖添丁」的墳墓。

「我不在的這一年半，到底發生了什麼事？」添丁憂心忡忡地瞪著墓碑：「我只知道墳墓裡頭埋的絕對不是我！」

滿腹的疑惑催促著添丁的腳步。他帶著紅龜仔來到楊厝寮庄，在阿母可能出現的頭家田地繞了又繞，都沒發現他阿母的人影。他碰到好多個熟識的庄內人，對方只是多瞧他幾眼，並沒認出他來。

「看來只好冒險回家裡找啦！萬一碰到蔡聲，就先抓起來逼問，再打昏他。」

兩人一進入庄內，保正就來探問：「兩位來我們庄做什麼？」

「來看看有沒有生意好做。」紅龜仔趕緊從皮箱拿出一大包茶葉和秤。保正看了看便放心地離開了。

兩人一來到蔡家門前，添丁遠遠就看見阿母坐在屋簷，正在餵一個缺了半邊手腳的盲眼人吃藥。他看個仔細，登時錯愕住了。

眼前的殘廢者，竟然是從前健壯如牛、盛氣凌人的蔡聲！

目睹昔日處處欺凌自己，最後狠心出賣自己的蔡聲變成這副可憐樣，添丁頓時百感交集，在心中喃喃：「報應啊！眞是報應哪！」

正在餵蔡聲吃藥的王足彷彿感應到了什麼，突然回頭，一眼就認出背後那個易容過的兒子。

添丁看見阿母驚喜落淚，一副不敢置信的樣子，趕緊用手勢提醒她別出聲，這才對她招手。

王足放下手上那一碗湯藥，過去一把抱住添丁。她激動得說不出話來，逼自己壓抑哭聲，肩頭顫抖個不停。

「阿母，妳知道盈青她們搬去哪裡嗎？」添丁壓低嗓音問。

「蔡聲說她們母女跟大藤一村去日本了。」

「為什麼？」

添丁的心狠狠揪住了，痛得他沒辦法思考，只能喃喃自語：

「她說要等我的，她說要等我的……」

這樁離奇的事情連王足也不明就裡，他看見兒子如此痛苦，只好開口安慰：

「盈青以為你死了！我們都看過你的死刑判決書，還親自將你下葬。」

「為何會這樣？究竟發生了什麼事？」

王足正在思索該怎麼回答兒子，卻先聽到後方蔡聲在惶恐驚叫：

「是添丁嗎？我怎麼聽到添丁的說話聲？還是他的鬼魂來找我討命了？」

添丁急著想知道盈青的事，根本不在意蔡聲會去向四腳仔告密。他走到蔡聲面前，大聲回答：

「對！我是添丁！我明明活著，爲什麼你們都以爲我死了？」

「哈哈哈！我知道了！我知道了！」蔡聲突然發瘋似地大笑幾聲，用沙啞的哭嗓嚷：「我被片山和大藤騙得好慘哪！」

「你知道什麼？快告訴我！」

蔡聲兀自苦笑了幾聲才反問添丁：

「我當初爲什麼要陷害你，你知道嗎？」

「不就是貪圖檢舉叛亂分子的功勞嗎？」

「不！是片山逼我這麼做的！因爲大藤看上了盈青，片山想討好大藤，就設計拆散你和盈青。你逃走兩個月之後，台中州警察署就將你被總督法院判刑處決的告示送到臭水庄給保正張貼，大藤也趁機到盈青家去安慰她，並向她求婚。盈青為了報復我和片山，就對大藤開出兩個條件，一是重重懲罰我們兩人的誣陷罪，二是將你的屍體運回下葬。後來大藤就送來一具早已腐爛的廖添丁屍體，接著我們兩人也因為誣陷你而被逮捕。我在拘留所被毒打成這樣，片山被降級。不過大藤把片山降級只是給盈青看的，等他帶著盈青母女調回日本之後，片山就被升官好幾級，調到嘉義廳去啦！」

「所以是片山和大藤假造我的死刑判決告示，還用別人的屍體頂替我，瞞過所有的人，然後把盈青母女拐騙到日本去？」

「對！一定是這樣沒錯！我們全都被這兩隻日本老狐狸算計了！」

添丁揭開真相之後，整個人反而全洩了氣。

一想到朝思暮想的愛人已經被拐去日本，添丁再也打不起精神力氣，不由得跟蔡聲一起頹坐在屋簷下發楞、落淚。

紅龜仔不知該怎麼安慰添丁，只好默默走過去，坐在他身邊。

過了好久，蔡聲才哭著對添丁說：「原來當初片山是為了陷害你，才會提拔我當巡查補。我罪有應得！你殺了我吧！反正我只剩這條爛命，死活都無所謂了！」

王足聽蔡聲這樣說，趕緊過來阻止添丁。

添丁站起來握住阿母的手：

「阿母別緊張，他已經遭到報應，我何必殺他。妳把蔡聲留給他阿爸照顧就好，跟我走，讓我好好孝順妳吧！」

王足聽兒子這樣講，高興得淌下熱淚，嘴裡卻嘆息說：

「唉！是我上輩子欠他們父子的！他被打傷放回來時，他阿爸跑去駐在所理論，被大人打傷，回來又天天生悶氣喝酒，沒多久就病死了！他阿爸臨死前拜託我要照顧他，所以我不能跟你去台北。」

添丁曉得阿母犧牲自己成全別人的心腸不會改變，只好掏出從打鐵店挖出的那袋銀元，塞到阿母手中。

王足這輩子沒碰過銀元，不由得吃驚的問：

「這麼多錢！是怎麼來的？」

「放心！是我師父回唐山之前留給我，吩咐我拿來孝敬您的。」添丁怕阿母不肯收，隨口編了個謊言。

添丁依依不捨地和阿母告別。出了村子，紅龜仔見添丁一臉茫然，便問：「接下來你打算去哪裡？回大稻埕？」

「先去大醉一場。」添丁麻木地說：

「如果沒醉死，再打算吧！」

十、展開報復

來到梧棲港，添丁把原本要送給盈青的金戒指換了錢，在酒家喝了個爛醉。

「起來！去搭船回大稻埕啦！」紅龜仔想拉起醉臥在沙發的添丁。

添丁甩開紅龜仔的手，迷糊地呢喃：「醉死在這裡就好……」

紅龜仔希望添丁振作起來，卻始終拿他沒辦法，氣得拿起桌上的冷茶朝他臉上澆。

添丁被拉起來，依然失神地頹坐在沙發上，流著淚喃喃自語：

「負心人，妳說要等我的……妳說要等我的……」

紅龜仔再也受不了，重重搧添丁一個耳光，罵他：

「她沒有負心，只是被四腳仔騙了，以爲你死了！你再不振作起來，就眞的跟死人差不多啦！你甘心就這麼讓自己的人生，斷送在四腳仔的騙局裡嗎？」

紅龜仔果眞把添丁打醒了。

添丁抹掉淚水，猛吸一口氣站起來，掏出一半的錢給紅龜仔說：

「你先去大稻埕的永樂町找角頭老大火旺仔，說你是廖得男的朋友。我先去一趟嘉義，再回去找你。」

「你要去找片山次郎？」

「對！此仇不報非君子！」添丁一想到盈青如今已經是大藤的女人，又心痛起來。

「我陪你去！我們是永遠不離不棄的好朋友，我不會放著你單獨去冒險。」

「謝謝你！」添丁感激地握著紅龜仔的手。

「是朋友就不要說謝謝。」紅龜仔說得乾脆。

於是添丁賣掉一身行頭，只留下腰上的青腳巾。兩人換上短麻布衣褲，頭戴斗笠，腳穿草鞋襪，變裝成佃農的模樣，啓程前往嘉義。

爲了避免遭到四腳仔和三腳仔攔查，兩人小心選擇狹窄的田間石頭路或田埂行走。

「哇！渴死啦！」兩人路過一處茅屋，趕緊去向坐在屋簷下的老婦人討水喝。

「水缸內有水。」

老婦指著屋內，兩人這才發覺她眼盲了。

紅龜仔拿著瓠瓢正咕嚕咕嚕喝著，忽然有一個孩童淌著鼻血，來到老婦面前嚎哭：

「阿嬤，工頭打我啦……」

老婦用衣袖幫孫子擦了鼻血，先安慰他再問清緣由。原來小男孩跟隨父母去幫頭家拔花生，中午還沒到就因爲肚子餓，去拿一顆番薯吃，竟被工頭痛打了一頓。

「眞沒良心啊……難道我們窮佃農就是生來給惡頭家欺負的……」老婦滿腔悲憤，抱著幼小的孫子嚎啕痛哭。

添丁驀地鼻酸起來！他望著這一對悲苦的祖孫，想起年幼時同阿嬤生活的飢寒交迫，和阿母老是憂心他會餓死的慘況，不自覺地從褲袋掏出所有的錢，塞進老婦的手中。

「阿婆這點錢拿去買吃的，別讓小孩餓著啦！」

老婦還來不及道謝，添丁已經拉著紅龜仔離去，紅龜仔禁不住詫異地問：

「你把錢都拿去救濟別人，這下我們要吃什麼？睡哪裡？」

「找人來救濟我們呀！」添丁神祕地回答。

「別作夢啦！誰會這麼好心？」

「就是剛剛阿婆口中的惡頭家。這種人最可惡！一邊拚命拿錢去奉獻四腳仔，一邊拚命壓榨苛刻佃農。既然他們不仁不義，我們就去偷他們的錢出來救濟佃農，也算幫他們做功德啦！」

紅龜仔皺著眉頭問添丁：「你不擔心仇還沒報，就先被四腳仔抓去？」

「放心啦！想抓住我沒那麼容易！我爬上屋頂，悄悄掀開幾片屋瓦進去偷。你留在外頭接應，萬一我被圍捕，你就裝狗的叫聲引我去安全的路線。」

兩人說好了，便裝成要租地耕種的羅漢腳，打聽惡頭家的住處，等到三更半夜再入內行竊。得手後，經過貧困佃農的住家時，兩人便透過窗口，將偷到的銀錢扔到佃農的床上，只留下一些路上花用。

兩人連偷了三個爲富不仁的大地主之後，在街上吃麵時，竟聽到日本警察因爲地主遭竊，胡亂抓佃農去逼問、毒打的消息。

「可惡！想不到我希望幫助被地主欺負的可憐人，到頭來反而害他們受罪！」

紅龜仔見添丁氣沖沖就走，擔心他想找四腳仔出氣，連忙在轉角拉住他：

「別衝動！害人的是壞頭家和四腳仔，又不是你。」

「一人做一人當！」添丁豎起劍眉，咬著牙說：

「以後我做案都留下名字，讓四腳仔休想再亂抓無辜的人出氣！」

「你不怕驚動了片山次郎？」

「我就是打算一路從台中偷到嘉義，讓片山曉得我找上門了！」添丁盤算了片刻，接說著：「到了嘉義，我偏不找他，讓他提心吊膽的防備著。等到他鬆懈下來，我再出手找他報仇。」

「好吧！」紅龜仔同意添丁的計畫，但還是忍不住苦笑說：「我從前在香港做案最怕被港警盯上，說什麼也不會留下姓名。看來要跟著你做案，不先把你的易容術和功夫學到手，是脫不了身的！」

「包在我身上！你認眞學，我認眞教。」添丁打包票。

於是兩人不再急著找片山尋仇。偷過彰化的壞地主，又回頭去偷台中的惡頭家，並在每一處做案地點留下「廖添丁」的名字，然後將偷到的銀錢分給飽受地主壓榨的貧苦佃農。

隨著日警緝捕廖添丁的行動規模日漸擴大，台中州的「俠盜事蹟」也透過貧窮百姓口耳相傳，散播開來。

台灣的報紙天天都有廖添丁偷竊犯案的新聞。由於報社都受總督府掌控，只報導廖添丁偷竊時的神通廣大，刻意忽略掉他偷富濟貧的行爲。正因爲這樣，廖添丁專偷惡頭家去救濟貧農的事蹟，反而在民間口耳相傳起來。一個月不到，廖添丁就成爲聞名全台的民間英雄。

正當台中州警察署氣急敗壞地全面搜捕「廖添丁」時，紅龜仔和添丁已經易容成一對跑江湖賣膏藥的父子，跑到雲林的地界去偷了。

廖添丁從台中州偷到台南州警察署的轄區時，在嘉義廳擔任警務課長的片山次郎立刻有了警覺。他暗中派手下大岡健去台中調查，在訊問過蔡聲，確定廖添丁已經明瞭自己被陷害的緣由之後，便徵調幾名巡查補當他的貼身保鏢，並且開始策劃逮捕廖添丁的行動。

「廖添丁一定會來嘉義找我報仇。」片山咬牙切齒地對大岡說：「你等著看吧！我不只要奪走他的愛人，還要將他緝捕到案。呵呵！先搶得頭功，最後奪走他的命。這樣才能解我心頭之恨！」

添丁和紅龜仔裝扮成山上的農夫，一人挑著一擔筍乾、醬筍和菜脯，沿路叫賣著走過嘉義郡役所警察課。

兩人來到街尾的欒樹下乘涼喝水。

「添丁，有看見片山嗎？」

「有！我覺得他在等我上鉤。」

「怎麼說？」

「整個警察課只有片山和幾個人，其他人跑哪兒去了？」添丁摘下斗笠搧涼，等紅龜仔思索片刻之後才說：

「剛才在街上碰到的修鞋匠、乞丐、送米的，騎車的，和所有顧店的，都是三腳仔和四腳仔假扮的。」

「哇！才走那麼一小段路，你怎麼可能觀察到那麼多人？」紅龜仔咋舌說。

「我練青腳巾練出來的。我甩著青腳巾往前盪，靠的就是眼利手快。」

「這麼多四腳仔埋伏，怎麼對片山下手？」

「四腳仔都很愛上酒家，好色的片山一定不會例外！」添丁沉吟一下，接著說：

「我們先退回虎尾，白天去偷壞地主，晚上就易容成賣茶葉的阿舍，到這附近的酒家打聽片山都上哪兒飲酒作樂，然後就等著他來送死。」

兩人依計行事。經過十幾天，當嘉義廳的警力多半被調派去圍捕只見人名不見人影的「飛賊廖添丁」時，添丁和紅龜仔卻喬裝成茶商，在片山經常出入的酒家守株待兔。

這天黃昏，添丁跟紅龜仔正要前往嘉義郡役所附近的酒家埋伏，天空忽然咻咻咻地颳起陣陣冷風。

「添丁，大熱天吹起這麼利的風，怪怪的，恐怕不是好預兆！我看今天別去酒家等片山了。」

添丁聽紅龜仔這樣說，笑著回答：

「是片山的壞預兆才對吧！酒家的歐巴桑說片山每個禮拜六都會去，就是今天。我看他死定啦！」

兩人才走進酒家，兩旁的店家突然湧出大批警察，舉槍瞄準兩人。

片山得意地對添丁炫耀：「當酒家的人跟我報告，說有兩個人在打聽我，我就開始準備甕中捉鱉吶！哈哈哈！果然逮住你這隻大鱉吶！」

紅龜仔見添丁一臉氣憤，想拚命的模樣，趕緊提醒他：

「別衝動！我們只是偷竊，罪不會太重。想拚命，一定會被打成蜂窩，白白送命。」

在眾多記者的簇擁之下，片山將兩人鎖上手銬腳鐐，押進警察課。

片山開過記者會，炫耀過功勞之後，匆匆趕去拘留所，對著兩名要犯就是一陣毒打。離去之前，他揪住添丁的頭髮，輕蔑地奚落他：

「廖添丁，還記得當初你在樹林裡害我當眾出醜吶？這一年多來，我無時無刻都會想起那件事，越想越恨，發誓要不計代價逮住你吶。嘿嘿！謝謝你自動送上門來，讓我報了大仇又記下大功吶！」說完，又重重補上幾記拳腳才轉身離去。

望著片山大搖大擺的背影，添丁只能憤恨地垂下頭，絕望的對紅龜仔道歉：「唉！兄弟，我對不起你！害你落入這個卑鄙狡詐的四腳仔手中。」

「是兄弟就別這樣說！偷竊不是重罪，想報仇，出獄之後有的是機會！」

深夜，值班的大岡健送番薯來給兩人。他見兩人不願意吃，便勸告他們：

「吃吧！沒有體力，怎熬得過接下來的嚴刑拷打。」

添丁見大岡一臉和善，忍不住問他：

「你是不是來給我們下毒？」

「放心！片山課長還等著要把你們押去領功，不會讓你們死在這裡的。」

大岡見兩人聽他的勸告開始吃了，便問：「你們想救濟窮人，爲什麼不去做生意賺錢，偏偏要偷地主的錢？」

添丁憤慨地將片山和大藤陷害他的惡行說給大岡聽。

大岡聽完添丁的控訴，沉重地搖搖頭，嘆息幾聲才轉身離開。

兩人在悶熱的牢裡睡了一下，突然被外頭尖銳的颳風聲吵醒，接著一陣天搖地動，牢房瞬間在地震中崩裂傾倒。

「大地震，快逃！」添丁趕緊拉著紅龜仔鑽過牆壁的裂縫，摸黑逃走。

兩人躲入一戶傾倒的店鋪，紅龜仔找到一根鐵線，打開兩人的手銬腳鐐，迅速找了兩套衣服換上。正想逃走時，卻聽到微弱的呼救聲，原來屋主被壓在傾倒的衣櫃底下。

「先救了他再走吧！」添丁說著便去抬壓住衣櫃的屋樑。

這時街上跑過好幾隊日本警察。黑暗中，街道兩旁的斷垣殘壁不時傳出哀嚎與呼救聲，路過的四腳仔居然都充耳不聞，只顧著搜捕在地震中脫逃的要犯。

添丁和紅龜仔混在救災的百姓當中，完全沒引起四腳仔注意，幸運躲過追捕。

片山在嘉義廳外圍布下重重警力，忙了一整天還是讓兩名要犯脫逃了。

他夜裡回到辦公室，頹然朝沙發一躺，生氣大吼：

「可惡的廖添丁！昨天應該先打斷你的手腳！」

片山怒吼著抬高左腿，腳跟朝旁邊的茶几重重一磕，竟把茶几劈得四分五裂。

十一 重返大稻埕

這一場斗六大地震爲嘉義廳帶來浩劫，到處都是等待救援和流離失所的災民。身負救災重任的片山次郎卻罔顧災民的性命，一心只想逮回廖添丁和紅龜仔。

兩人逃離嘉義的大街後，添丁對紅龜仔說：

「片山一定會在南來北往的路上布下重重警力抓我們，我們先去海口做案，把警力全引到海口去，等晚上再摸黑往北，回大稻埕躲藏。」

兩天後片山接到消息，召集警務課全體手下，宣布：

「布袋嘴（今布袋港）那邊的駐在所通報，昨晚廖添丁和紅龜仔潛入三個地主家中，偷了許多錢。他們一定是想從布袋嘴偷渡到對岸的福建，我現在下令立刻封鎖海岸，盤查所有船隻，非把這兩名囂張的竊賊逮回來不可！」

正當片山次郎調動大批警力，在嘉義沿海搜捕添丁和紅龜仔時，兩人早就星夜趕往斗六廳的他里霧（今斗南），躲入一片焚毀的土角厝當中過夜。

兩人睡飽醒來，打算找農民買吃的，走了好久，居然見不著半個人影。沿途經過的每個村落顯然都被大火焚燒過，處處荒煙蔓草，農田也早就變成野地。草叢裡隱隱見得到未被埋葬的白骨。

「嚇！我們這是來到了鬼村嗎？怎麼到處是死人骨頭，找不到半個活人？」紅龜仔驚愕萬分。

兩人渡過一條溪，鑽過一大片甘蔗園，終於看見一名揹著嬰兒在菜園澆水的老婦。

「阿婆，我們剛剛經過好多村莊怎都沒半個人？庄民都跑去哪裡了？」添丁問老婦。

「夭壽呵！」老婦一開口就哽咽了，邊哭邊回答：

「六年前，日本大軍爲了報復鐵國山的抗日義軍，將那附近五十幾庄的房子都燒掉，把找出來的庄民全部殺害。沒被日本人殺害的庄民都躲進山裡，當起義軍對抗日本人。」

老婦用衣袖抹一把淚水，繼續說：「兩個多月前，日本人招降義軍，卻不守信用，在歸順典禮上殺害了所有歸順的義軍。所以，那五十幾庄人的香火從此都斷絕了，到處都是沒人收埋的屍骨。我住那邊的親戚都沒半個活下來。日本人眞夭壽哪！」

兩人聽聞如此慘絕人寰的大屠殺，內心都感覺既驚駭又沉痛。

紅龜仔安慰過老婦之後，才開口向她買吃的。老婦給了他們一袋番薯兩枝甘蔗，卻不肯收錢。添丁硬是塞幾枚銀錢給她，兩人才匆匆離去。

紅龜仔一路啃甘蔗，一路感嘆：

「我在香港長大。香港被英國人統治，雖然也會遭受不公平的待遇，至少還能講道理。日本人不講道理，又太殘暴，這樣下去，台灣人會被嚇到不敢再反抗了！」

「那我們就偷日本人的武器，和日本走狗的錢，去資助抗日義士，到處點燃抗日的怒火，讓日本人曉得台灣人不是好欺負的！」添丁氣憤地回應。

途中，添丁將自己在大稻埕的交遊情況約略說給紅龜仔聽。

「添丁，你化名廖得男，也該幫我取個假名騙過四腳仔吧？」

「嗯，你是我大哥，叫廖金桂吧！」

「好！到了大稻埕，我馬上假造廖得男和廖金桂的戶籍謄本，我們帶在身上，就不必擔心四腳仔盤查啦！」

兩人低調的往北而行，每天易容變裝，時而結伴時而獨行，絲毫沒有引起日警的注意，逃脫五天後就順利來到大稻埕。

片山作夢都想不到，他爲了追捕廖添丁和紅龜仔，調集嘉義廳大半警力沿海巡邏，盤查船隻，正忙得焦頭爛額的當頭，兩名逃犯卻和角頭在大稻埕的酒家喝酒解悶。

添丁一回到大稻埕就先去找火旺仔。火旺仔見添丁沒將朝思暮想的愛人帶回來，卻帶回一個大他十幾歲的朋友，詫異地問：

聽。

「得男兄弟，出了什麼事，怎麼沒把愛人接來呢？」

添丁只好將片山與大藤聯手陷害他，將盈青拐去日本的經過說給火旺仔聽。

火旺仔聽了，卻狐疑地盯著添丁臉上的瘀青，冷冷地質問：

「你就是廖添丁對不對？」

「對不住！我當初被片山和大藤誣陷，誤以爲自己被列爲土匪通緝在案，才會假冒身分，並不是存心要瞞著大哥。」

添丁知道自己的身分已經被火旺仔識破，慚愧地解釋：

「但這回我是眞的被通緝了！我和紅龜仔會馬上離開大稻埕，免得拖累到大哥！」

添丁轉身就走，卻被火旺仔一把拉住。

「添丁兄弟，我讓你稱呼一聲大哥，已經是三生有幸，就算拿命去拚都值得啦！怎會怕被你拖累？」

火旺仔摟住添丁，慷慨激昂地笑著說：

「你已經是台灣人心目中的英雄，我這個當大哥的如果沒護你周全，任由你被四腳仔追殺，江湖上的人一看見我，就要吐口水淹死我啦！」

「大哥怎會看穿我的身分？」

「哎，全台灣能有幾個來無影去無蹤的高手？你的青腳巾功夫就是其中一個！你說要回台中接愛人來大稻埕，一去那麼久，接著台中就冒出一個四腳仔怎麼也抓不到的俠盜英雄。那時，我已經開始懷疑你的眞實身分。」

火旺仔從茶几底下抽出一大疊報紙，擺在添丁和紅龜仔面前，接著說：

「後來報紙報導片山次郎逮捕了廖添丁，我才肯定你就是廖添丁，正想動身去嘉義打探，隔天報紙卻又報導廖添丁在地震中逃脫了！我只好每天多買幾種報紙，看看有沒有廖添丁的最新消息，想不到你就順利逃回來啦！哈哈！這幾天大家都說連天公伯也敬佩英雄，才安排一場大地震來解救廖添丁。」

添丁聽了卻神色黯然地接口：

「唉！如果大地震是因我而起，我就罪大惡極啦！那一場地震害慘了許多人哪！」

「欸！不談這些啦！現在跟我上酒家去，幫你和紅龜仔——現在應該叫金桂仔接風。」

在火旺仔周全的掩護下，紅龜仔也用起假身分，和添丁在大稻埕展開新生活。

火旺仔發覺添丁痛失愛人之後，老是悶悶不樂，便私底下勸他：

「自古美女配英雄。大稻埕多的是美女，你儘管去追求，就憑你廖添丁的英雄字號，哪一個千金大小姐不會愛上你？」

「大哥愛說笑！大稻埕沒有俠盜英雄廖添丁，只有無名之輩廖得男。」添丁回答。

火旺仔不死心，又勸添丁：

「反正你喜歡哪個女生就跟我講，我當你的媒人，保證讓你風風光光當新郎倌。」

添丁又苦笑著回答：

「算了啦！我已經是四腳仔的頭號通緝犯，自身都難保了，怎好娶個女生來陪葬？」

雖然添丁一再婉拒火旺仔的好意，但因爲火旺仔大力撮合，後來添丁還是跟酒家女謝蓮湊成了一對。

謝蓮是年輕寡婦，她憂傷柔弱的模樣很得添丁憐愛。後來兩人之間萌生了愛意，添丁便出錢幫謝蓮贖身，與她生活一段時間之後，因爲擔心她受自己牽連，就送她回家鄉八里坌（今新北市八里區）與幼子團聚。

添丁和紅龜仔爲了防止眞實身分被外人識破，在大稻埕的任何行動都十分謹愼低調，外出時兩人多半分開行動。

片山次郎處心積慮要逮捕添丁和紅龜仔，派出不少手下，也收買了許多眼線去打探，卻始終無法掌握兩人的確切行蹤。因爲自從廖添丁的俠盜英雄事蹟傳遍全台灣之後，許多飽受地主苛刻的佃農和長工，都開始假借廖添丁的名義竊取地主的財物。

報紙隔幾天就報導飛賊廖添丁的新聞，片山次郎幾番勞師動眾去抓人，逮捕到的卻都是冒名的廖添丁。

添丁和紅龜仔經常躲在許灰的家，陪他泡茶聊天，向他討教易容術。許灰從前是出名的歌仔戲班主。日本割據台灣之後，厲行皇民化運動，嚴禁歌仔戲等漢人傳統戲曲演出，逼迫歌仔戲藝人改穿和服，佩帶武士刀，演出時還得唱日本軍歌，替總督府宣揚政策。許灰見歌仔戲演出被扭曲得不倫不類，氣得吐血，憤而解散戲班。

許灰討厭日本，更痛恨當日本人走狗的漢奸，因此經常暗中幫助抗日義士。

一日，許灰介紹鐵國山抗日義軍的遺民蔡萬添給添丁和紅龜仔認識。添丁聽說蔡萬添的家鄉在他里霧，便問他雲林大屠殺的經過。

蔡萬添才三十歲出頭，卻已經滿頭白髮。他控訴日軍屠殺鄉親的慘況，越說越激動，眼眶瞪得幾乎要裂開淌血。

添丁知道，蔡萬添的頭髮是被滿腔無法雪洗的仇恨染白的。

「被我們俘虜的李先隆的部下說，老人家和抱著小孩的婦女跪在被血染紅的大埕，苦苦哀求，還是通通被日本兵用刺刀屠殺了！」

蔡萬添沙啞的嗓子似乎要被血淚堵住了，哽咽許久才又艱難地說：

「我早就曉得日本不會把台灣百姓當人看，所以三個月前日本總督府招降抗日義軍，我就和其他誓死抗日的兄弟逃到中部的深山躲藏，又結交了一批遭日本追殺的原住民和客家人，等待時機要讓日本人血債血償！也因爲這樣，我才能逃過第二次死劫，留下這條命爲抗日行動奔走。」

「你剛剛提到的李先隆是日軍將領嗎？怎麼聽起來像台灣名？」紅龜仔插嘴問。

「嚇！你居然沒聽說過這個台灣頭號漢奸！」許灰搶著替蔡萬添回答：

「說到李先隆我就一肚子氣！當年日軍來攻占台灣，台灣民主國率領台灣人奮力抵抗，李先隆卻趁台北城動亂，邀集一批外國人到水返腳（今汐止）引領日軍行動，出計謀攻打抗日義軍。日本控制台灣以後，他利用總督府給他的特權做生意，拿台灣人的血汗錢去貢獻日本人。」

「好個李先隆！他一定非常有錢吧？」添丁氣憤不已。

「豈止有錢！他和他的親家古登惠不僅是全台北土地最多的地主，還賄賂日本政府取得糖、鹽、煙、鴉片的專賣權，再哄抬價格，坑台灣人的錢。」

聽許灰這樣說，添丁當下便打定主意，對蔡萬添說：

「萬添兄你不用再冒險到處爲抗日行動籌錢，我去找李先隆和古登惠拿錢就夠啦！」

蔡萬添聽添丁這樣說，連忙制止：「萬萬不可！他們有日本人撐腰，宅院的戒備都非常森嚴，我不能讓你去冒險。」

「放心啦！我會見機行事。」

添丁說出自己聲東擊西的計謀後，其他人覺得可行，四人便依照計策變裝易容，分頭去李先隆和古登惠兩家大宅打探。

添丁寫了四封信，一封寄給李先隆，其他三封交給紅龜仔。信的內容先數落李先隆出賣台灣人的罪狀，再揚言要偷光他的家產還給台灣人，信末署名廖添丁。

李先隆曉得台灣人都痛恨他，也經常接獲恐嚇信，因此在收到第一封信之後，並不怎麼在意，只是稍微加強宅院周邊的巡邏人力。可是當他的元配、姨太太和兒媳婦出去逛街購物，要付錢卻發覺錢包裡只剩廖添丁寫給李先隆的信時，他不由得開始惱怒緊張起來。

古登惠聽女兒說起，曉得自己的親家被廖添丁盯上之後，他馬上去李先隆家關切，隨即調派九成的家丁去幫忙守衛李家。

添丁連日喬裝成不同身分，在古家附近打探。他發現古登惠已然中計，當天深夜便進入幾乎無人守衛的古家行竊，把古登惠最值錢的金子和珠寶偷了個精光。

李先隆和古登惠心知這樁竊案一傳出去，只會惹來台灣民眾的幸災樂禍，兩家恨廖添丁恨得牙癢癢，但爲了顧全面子，竟然不敢張聲，只是暗中派人傳話給片山次郎，告訴他廖添丁偷到台北來了。

十二 挑戰惡勢力

爲了將竊得的金子珠寶送去中部深山給抗日義軍，添丁和蔡萬添喬裝成一對補鍋匠父子，把竊得的金子珠寶藏在籮筐裡的風箱和煤炭當中，搭船沿著濁水溪上溯清水溪，來到林杞埔（今南投縣竹山鎮）。

「萬添兄，這裡到處都是看起來一模一樣的毛竹（孟宗竹）林，你不會認錯路吧？」

「放心！我兩個月前才經過這裡。前面就是大鞍，到了大鞍，走進頭一片毛竹林，學三聲竹雞啼叫，義軍就會出來接應了。」

兩人經過一戶農家，遠遠就聽到屋內男人的咆哮和女人的哭聲。

添丁聽見女人哭得那麼悽慘，覺得不忍，便告訴蔡萬添：

「你先送金子珠寶去大鞍，我去瞧瞧屋裡發生什麼事，隨後再去與你會合。」

添丁推開竹籬笆門，把補鍋擔子放在屋前，一走進屋內就看見兩個惡霸蠻橫地抓住一位姑娘的手，逼迫她在契約書上簽名。姑娘抵死不從，拚命掙扎號哭。

「發生什麼事啦？你們何必這樣對待一名弱女子？」

其中一個惡霸放開姑娘的手，啐一口檳榔汁在地上，隨即欺近添丁推他一把，凶狠地警告：

「滾開！你有幾條命，敢插手黑狗老大的事情！」

添丁順勢退到門口，斥喝屋內的惡霸：

「出來外面講！」

那名惡霸氣呼呼衝出門，一腳踹翻地上的擔子，揮舞拳頭朝添丁打來，嘴裡咒罵著：

「補鍋子的竟敢來管黑狗老大的事，我現在就打破你的頭，看你怎麼補！」

添丁毫不閃避，覷準對方拳頭一握一拉，然後一個側身，對方隨即被拋在地上，啃了滿嘴泥土。

另一名惡霸見同伴失利，衝出門朝添丁飛踢過來。添丁不閃不避，身體下沉化消對手力道，再握住對方腳踝一掀，讓他在半空中翻滾兩圈，重重趴在地上。

兩名惡霸不明白自己怎麼摔的，掙扎著爬起來，同時出拳襲向添丁。添丁一手接住一個拳頭，借力讓兩個拳頭碰撞在一起，兩名惡霸隨即痛得嚎叫起來。

兩名惡霸知道對手不好惹，摀著手指骨折的拳頭，灰頭土臉的離去。

「感謝英雄出手幫我解圍！」屋內的明珠姑娘出來幫添丁收拾好補鍋的擔子後，憂心忡忡地催促添丁：

「您趕快逃走吧！黑狗老大一定會帶大批手下來找你算帳。」

添丁決心管到底，非但不逃，還問她：「惡霸爲什麼強逼你簽契約書？」

「前陣子日本三菱製紙會社的頭家來到林杞埔，發現毛竹是很好的造紙原料，企圖用很低的價格收購本地的毛竹林。本地人世世代代都靠種筍賣竹子維生，沒有人願意把竹林賣給他，於是他就收買黑狗老大，用強迫的方式逼筍農簽下土地買賣契約。附近的筍農受不了地方角頭天天找上門來威脅凌虐，都簽下買賣契約了，只剩我們家還沒簽。」

明珠將辛酸淚水嚥下肚子，強忍悲傷繼續說：

「我父親和兩位哥哥都在抗日行動中被日本人殺了，家人只剩母親、我和一個十歲的弟弟。如果賣掉竹林，我們靠什麼過生活？」

明珠說完，忍不住痛哭失聲。

「我最看不慣仗著惡勢力欺負百姓的人，這件事我管定啦！妳別傷心！我會設法幫妳保住竹林。」

添丁當晚借宿在明珠家，睡到半夜，突然被嘈雜的人聲吵醒，睜開眼才發覺屋外土埕被十幾支火把照得亮晃晃。他曉得黑狗老大找上門了，趕緊叫明珠家人躲在屋內，獨自出門應敵。

添丁和領頭的黑狗老大一照面，瞧見對方是跟自己年紀差不多的英挺青年，暗暗吃驚。黑狗發現年輕補鍋匠面對十幾個對手，臉上居然毫無懼色，也禁不住納悶。

「老大，先燒房子再說啦！」

黑狗的一名手下說完，便將火把拋向屋頂。添丁早有警覺，跟著從腰際抽出青腳巾，朝火把拋射過去。

眾人目光都聚焦在半空中的火把，卻驚覺火把似乎被一隻無形的手接住，猛丟回來，砸在那一名手下身上，燙得他哇哇怪叫。

一陣混亂過後，等黑狗老大的手下們看到添丁手上握著一團長布巾，便有人指著他嚷：

「是這個補鍋子的在搞鬼！我們一起丟火把燒房子，看他怎麼應付！」

添丁早就蓄勢待發，準備擲出青腳巾，這時黑狗老大卻高舉手掌制止手下：「別燒房子了！」

黑狗似乎瞧出了什麼端倪，瞪著添丁說：

「收起你的青腳巾，我跟你比一趟拳腳功夫，只要勝過我，我就帶手下離開，不再找這一戶人家的麻煩。」

添丁卻搖搖頭，一臉凜然地回答：「要比武，行！條件是，假使我勝了，你就把筍農簽的土地買賣契約還給他們。」

黑狗毫不猶豫就答應。

黑狗是個好勝的武癡，只要有和高手較量的機會，說什麼也不肯放過。他比劃一套令人眼花撩亂的起手式之後，便使出飛踢朝添丁攻來。

添丁看見黑狗的踢腿來到他面前，瞬間變化成剪刀腳，立即側身避開。黑狗落地站定，轉身又是連番猛攻。忽而使長拳，忽而近身搏擊，甚至連空手道和柔道的招數都使出來了。

添丁發覺黑狗的武功路數雖然變化多端，但缺乏足夠的力道，難以對自己造成威脅，於是便打定主意見招拆招，盡興地陪對手打鬥。

黑狗的手下全圍攏過來，幫老大吆喝助陣。火光之中，他們只看見老大不斷變換招數，打得對手無暇還招，並沒有發現老大汗如雨下，氣息混亂。

黑狗卻已經心知肚明，對手的氣息依然沉穩，力道也沒減弱，而且直到現在都還沒使出殺招。再這樣下去，自己勢必輸得很難看。他不斷使出殺手鐧，但每一招都像強弩之末，傷不了內力充足的對手。

經過半個多時辰，周圍的火把早已添過好幾次油，吆喝聲也逐漸沙啞。

添丁發覺對手沒有新招式了，便開始運氣，準備發出內力一招取勝。忽地念頭一閃，他讓片山次郎當眾受辱的往事躍入腦際。

添丁當下驚覺自己不應該當著黑狗手下的面前打敗他，讓他對自己懷恨在心，於是輕聲說：

「黑狗，你還想繼續打下去嗎？」

黑狗知道對方故意保留實力，不讓自己在手下面前落敗、難堪，趕緊收斂動作。

添丁見狀立即抱拳示意：「佩服！佩服！」趁著和黑狗握手時低聲問：

「契約可以還給筍農了吧？」

黑狗露出羞愧神色，悄聲回答：「請借一步說話。」

「咱們上屋頂去說！」添丁抽出腰際的青腳巾甩向屋側的芒果樹，拉著黑狗向上一躍，兩人做了個後空翻的動作，隨即穩穩站立在屋頂上。

黑狗聽到手下因爲兩人的輕功而喝采震天，曉得自己是沾了對手的光，內心更是慚愧萬分。

「大俠不愧是台灣英雄廖添丁！」黑狗誠心鞠躬。他見識到傳聞中的青腳巾功夫，更加肯定對手的身分。

「不敢當！爲可憐的台灣百姓盡一點心力罷了！」添丁拱手回答。

「小弟實在慚愧！」黑狗垂下頭說：「其實筍農蓋了手印的契約我早就交給三菱的頭家了。小弟明天就去嘉義找岩崎峰彌，加倍退回酬勞，要回那些契約。」

「這個日本頭號財閥又貪又狠，怎麼可能甘心將已經到手的好處還給你？你這樣做，他一定不會放過你。」添丁見黑狗有誠意履行承諾，心念一轉便打定主意：

「你告訴我岩崎峰彌的住處，我自己去把他的住處連同契約一起燒了，就當作老天爺因爲他太貪婪給他的教訓。」

「我帶你去他的住處。」

「不可！你要假裝和這件事完全無關，等岩崎峰彌再找你幫忙，你就建議他：不必買竹林，每年一入夏，就由你代爲低價收購毛竹，給他當造紙材料。」

添丁說出自己的計畫之後，黑狗對他更是佩服得五體投地，當下對添丁發誓：

「今後我要學添丁兄當個英雄好漢，不再當欺壓台灣人的日本走狗。」

隔天黃昏，添丁來到嘉義，喬裝成修補煤油汽化爐的師傅，按照黑狗告訴他的位置，在郡役所附近找到那一棟嶄新的日式庭園別墅。

添丁坐在遠處的街角，邊工作邊偷偷觀察別墅門口的動靜，卻意外發現片山次郎帶領手下，簇擁著幾名西裝筆挺的日本人，從別墅裡頭走出來。

添丁等他們走遠了才尾隨追蹤，一看見他們走進酒家，趕緊回到別墅打探，發現四下無人，便帶著一小桶煤油，翻過圍牆潛入別墅。

添丁一進入屋內就瞥見客廳上掛著片山次郎晉升警視的照片，旁邊還有同僚送他的賀匾。

「原來這是片山接待貴賓的別墅。可惡的狗腿子片山，專門吸台灣人的血去巴結高官財閥，才會官路亨通！」

添丁邊咒罵邊搜索，很快就在主臥室的桌上找到那一疊契約書。他立刻在屋內四處澆上煤油，拿契約書點燃了熊熊大火。

添丁離開之前，恨恨地瞥片山的照片一眼，片山志得意滿的笑容霎時引燃他滿腔怒火，他隨手從腰際掏出一粒鐵丸射出去，將仇人的笑容打得四分五裂。

添丁從山路逃離，來到半途忽然雷雨交加，趕回林杞埔已經是深夜時分。他在明珠家借宿，天剛亮，就被狂暴的敲門聲吵醒。

「岩崎峰彌和嘉義的片山警視來找老大問話，還率領十幾車的四腳仔說要圍捕廖添丁。老大叫我偷偷趕過來通知你快逃命！」黑狗的心腹說完匆匆離去。

添丁這才想起昨日隨手射破了片山次郎的照片，一面懊悔自己一時衝動留下線索，一面趕緊逃命。

他怕拖累潛伏在深山的抗日義士，不敢往大鞍的方向逃，反而朝山下奔去，只希望自己動作比四腳仔快，早一步到達清水溪。

原來昨日添丁放完火逃離之後，郡役所警察課的日警一發現片山警視的別墅失火，迅速調集大批警民協助，很快便將火撲滅，別墅並沒有全部被燒毀。

片山次郎親自勘查火場時，發現契約書通通被燒成灰燼，又發覺自己的照片被一粒鐵丸打破，當下就明白是廖添丁找上門來幫筍農解危。他前幾天才接到廖添丁在台北犯案的可靠消息，正打算請調到台北去追捕廖添丁，想不到廖添丁卻自動送上門來。

「嘿嘿！可恨的廖添丁！這次我非逮住你不可！」片山一陣冷笑，自言自語。

片山爲了爭取岩崎峰彌的賞識，故意對他說：「起火點在您放契約書的房間，這場火災鐵定是有心人縱火，而且跟您收購林杞埔的竹林有關。我的直覺告訴我是廖添丁幹的。全台灣只有我有辦法逮住這個可惡的飛賊，因爲我光是用聞的，就聞得出他人在哪兒！」隨即調派大批警力和警車奔向林杞埔。

添丁逃到半山腰，就聽到四下傳來警犬此起彼落的吠叫。他趕緊跑向竹林邊的農家，將一錠銀元投入關閉的門縫中，然後從晾衣服的竹竿取下一套婦人工作服，再將屋簷下的草鞋襪、斗笠、柴刀丟進一旁的籮筐，隨即用扁擔挑起籮筐，鑽入濃密的竹林當中，掏出化妝盒迅速更衣化妝，易容成一名老農婦，開始佯裝正在進行淘汰老竹當柴火的工作。

添丁剛砍倒兩棵老毛竹，就聽到四腳仔在小路上喊他：

「喂，砍竹的女人吶，過來！」

添丁佝僂著背，動作驚慌，表情惶恐地小步跑向那一隊四腳仔，裝出老婦人的沙啞嗓音問：

「大人早啊！大人有啥指示？」不停鞠躬哈腰。

「有看到人經過沒？」

「有，有一個少年郎，往那邊的竹林跑去。」添丁指向清水溪上游。

添丁瞞過三隊追捕他的日警之後，丟下裝滿竹子的籮筐和柴刀，繼續朝溪邊奔去，想不到才衝出竹林，溪邊竟然還有一大隊四腳仔在巡邏。

添丁一眼撞見在指揮手下的片山次郎，心中暗叫不妙，連忙轉向，朝下游逃命。

片山次郎一發現奔逃的老農婦，立刻吹響尖銳的哨聲，喝令手下：「快開槍打死她！」隨即槍聲大作。

添丁聽到哨音，跨出兩個大步便騰空而起，像一條魚躍入滔滔滾滾的溪中。可是四腳仔的子彈卻早一步打中他，在溪邊的蘆葦葉留下一道血跡。

片山次郎追到溪邊，檢視過添丁淌下的血跡，望著水勢洶湧的清水溪，得意地笑著說：

「幸好昨天下那麼大雨！這麼湍急兇猛的水勢，就算廖添丁沒被槍打死，也絕對活不成啦！」

岩崎峰彌拿不出土地買賣契約，最後只好接受黑狗的提議，放棄購買竹林，改向筍農收購竹子當造紙原料。

林杞埔的筍農聽到這個好消息都樂陶陶！原本年年淘汰掉的老竹只能當柴燒，現在居然還能賣錢，這豈不是因禍得福？大家都非常感激廖添丁，稱讚他是林杞埔的救星。

片山次郎雖然找不到廖添丁的屍體，但爲了炫耀功勞，還是讓報紙大肆報導他開槍打中廖添丁，逼得廖添丁跳入清水溪死亡的消息。

林杞埔的父老聽到添丁殞命的消息都萬分哀慟，紛紛到廖添丁落水的地點祭拜，還偷偷商議要建廟祭祀他。

十三 懲罰日本走狗

廖添丁殞命的消息沒幾天就傳遍全台灣。失去心目中的英雄，許多台灣百姓不甘心接受這個事實，有人便效法廖添丁的精神，針對苛刻的頭家行竊，再偷偷將竊得的錢財分給窮人。

一時之間，全台灣各地紛紛傳出廖添丁犯案的消息。

片山次郎簡直快氣瘋了！因為總督府已經準備好要表揚他剷除廖添丁的大功勞，眼看升官在即，不料每隔幾日便傳來廖添丁做案的消息，逼得他勞師動眾的南北奔波去追緝廖添丁，捉拿到的卻都是假廖添丁。

日子一久，廖添丁還活著的消息便傳了開來，他的本事更被渲染誇大，成為來無影去無蹤、劫富濟貧的俠盜。

一九〇四年日本和俄國爲了爭奪利益，兩國軍隊在清國境內爆發衝突。日本政府爲了儲備戰爭所需的糧食，下令台灣總督對地主徵收稻米，同時制訂了不公平的法令來逼迫台灣百姓乖乖就範。

自從日本割據台灣，台灣人抗爭了十年，終於等到日本政府頒布新令，可是新法和舊法毫無差別，內容完全是爲了方便日本人掌控、壓榨台灣人。

李先隆想藉由貢獻日軍戰備糧食來巴結總督府，於是強行提高佃農的田租，並將徵得的稻米囤積在古登惠位於滬尾的巨型穀倉。北部的佃戶怨聲載道，不少佃戶爲了生存，聯合起來要去總督府陳情，還沒出發就被四腳仔逮捕，抓去毒打一頓。

添丁當時隱身在中部深山養傷，他一得到日本走狗搶走百姓稻米，害得百姓活活餓死的風聲，憤慨的對蔡萬添說：「既然日本人可以制訂這種法律來欺負台灣人，我就用我的法律來保護台灣人！」

添丁那天大腿被子彈打中，跳入清水溪之後，施展閉氣功夫，藉著湍急的水流快速漂到下游爬上岸，帶著槍傷越過兩座山，到大鞍找蔡萬添幫他治療槍傷。此後便在深山當中藏匿了半年多。

添丁等槍傷復原之後，便易容返回大稻埕，四處去探聽哪兒有苛刻佃戶的大地主，然後伺機在他們家門口貼上一張「**添丁法**」，內容寫著：

「**佃租不得超過五五，水租地稅頭家支付。壞人害好人受苦，廖添丁一定報復！**」

添丁的舉動不久便引發地主恐慌。那些不肯依從「添丁法」的地主，儘管加強戒備，還是被廖添丁盜走鉅額錢財，拿去分給佃戶。日本警方倍受壓力，雖然全力追緝廖添丁，卻始終逮不到他。

總督府為了早日拔除廖添丁這根肉中刺，便將片山次郎調來淡水郡役所緝拿廖添丁。

古登惠對廖添丁恨入骨髓，全力配合片山次郎的緝拿行動。他身為北部最大的地主，非但不調低佃租，反而調高為八成，想引來添丁報復，希望藉由大量偽裝成平民的警察剷除廖添丁。

添丁一直都想狠狠教訓古登惠和李先隆，卻發現這兩戶日本走狗的宅院和穀倉附近，潛伏了許多四腳仔喬裝的平民在監視、巡邏，讓他苦苦等不到適當時機下手。

「可恨！沒辦法偷他們的錢財分給佃戶，至少也該燒掉他們的穀倉，讓他們休想拿佃戶的血汗去討好日本政府。」

紅龜仔聽到添丁在嘆息，突然靈機一動，告訴添丁：

「古代人用火牛陣打勝仗，我們這回用『火鼠陣』燒掉他們的穀倉。」

「火鼠陣？」添丁不解地問：「你該不會想訓練老鼠去燒穀倉吧？」

「沒錯！就是利用老鼠燒穀倉！」

紅龜仔說出他的構想，添丁聽完哈哈大笑，稱讚他：

「人家說你鬼頭鬼腦，其實你比鬼還精咧！」

兩人擬定好燒穀倉的計策之後，紅龜仔就喬裝成烤香腸的小販，在古登惠的穀倉附近徘徊、招攬生意。他言談風趣，沒幾天就跟常客混得很熟。

「你的香腸香噴噴，夠味又便宜，是用豬肉做的嗎？」幾名工人問。

紅龜仔裝得一臉神祕，湊近他們耳邊悄悄說：「用人肉。」

「別鬧啦！說眞的。」工人知道他開玩笑，捶他的臂膀。

「好啦，我說眞的，我的香腸是用老鼠肉灌的。」紅龜仔說完，看見工人眉頭發皺，神情詫異，連忙解釋：

「別怕！我的老鼠都是在穀倉和甘蔗園抓到的。這些老鼠吃得都比我們好，而且我先把牠們洗得乾乾淨淨才剝皮，絕對不輸豬肉！」

「哇！既然這樣，我們也可以抓老鼠來灌香腸。」

「對啊！吃不起豬肉，換吃老鼠肉過過癮！」工人七嘴八舌：「看管古家穀倉的陳伯每次逮到老鼠，都先用熱水燙死再埋土裡，以後就請他把老鼠交給我們處理。」

紅龜仔趕緊插嘴：「我的老鼠香腸加了獨門香料，你們做不來啦！不如將老鼠抓來跟我換香腸。」

看見工人滿嘴答應，紅龜仔再三強調：「記得！穀倉的活老鼠我才要！其他地方的老鼠吃髒東西，會有臭味。」

就這樣，紅龜仔沒幾天就收集到十幾隻來自古家穀倉的大老鼠。

「我暗中觀察了好幾天，發現古家穀倉有一條很長的水溝通到圍牆外面，再連接到大排水溝。我們只要去大排水溝那裡就可以依計行事啦！」紅龜仔告訴添丁。

添丁和紅龜仔先把浸泡火油的稻草綁在老鼠的尾巴上，兩人喬裝成釣魚的漁夫，戴著斗笠，提著裝老鼠的魚簍，頂著烈日來到大排水溝，趁大家吃過午飯都在休息的當口，迅速將老鼠尾巴點火，放到通往古家穀倉的水溝。

大老鼠尾巴一著火，瞬間全像箭一般射出去，拖著一團火球，沒命地往穀倉的巢穴鑽去，沒多久便在穀倉裡頭引燃好幾處火苗。

等管理穀倉的人驚覺失火了，幾處火頭早就連成一片火海，無法撲滅。不久之後，火舌便吞沒了整座穀倉。

添丁和紅龜仔拎著兩罈酒，摸黑登上草山（今陽明山）。兩人俯視著遠方烈焰烘烘騰起的穀倉，痛快地對飲起來。

「哈哈哈！古登惠和李先隆這兩個日本走狗親家，現在一定氣死啦！」

「呵呵！氣死最好！氣死最好……」

十四、復仇

古家穀倉準備支援日俄戰爭的戰備存糧全燒毀了，古登惠和李先隆討好總督府的如意算盤也被破壞了，兩人非常不甘心，雖然找不出證據，還是硬將禍首推給廖添丁，說是他偷放的火。

片山次郎雖然心知肚明，但爲了保住面子，始終不願意承認是廖添丁放的火。

正當雙方開始互推責任，爲這一場火災起爭執時，廖添丁已經到處張貼告示，警告苛刻佃戶的頭家要拿古家穀倉當作警惕。這一來等於昭告世人，那一場火確實是廖添丁放的。

片山次郎這回布下了天羅地網，非但沒逮到廖添丁，還讓廖添丁神不知鬼不覺地燒掉了古家穀倉，令總督府極度不滿，不僅把片山次郎的官階降級，還限他半年之內要將廖添丁逮捕到案。

片山次郎氣瘋了！他想破頭也不明白廖添丁是如何逃過死劫，而且彷彿會隱身術一般，明明就在附近犯案，卻怎麼也不會露出行跡！

於是片山決定雙管齊下，一方面派出手下的台灣人當密探，潛伏到各個階層去打探廖添丁的行蹤；一方面率領手下南下台中，去偵訊廖添丁的生母王足。

片山找到王足，雖然沒問出廖添丁的行蹤，卻意外地在王足家裡搜出一袋銀元。

片山盯著那小袋沉甸甸的銀元冷笑，片刻就在心頭醞釀好一招毒計。

「這麼貴重的銀元吶，是偷來的還是搶來的吶？」

面對片山的厲聲質問，王足嚇得兩腿發軟，跪下回答：

「請大人別誤會，那袋銀元是我兒子的師父留給他的。」

「別想騙我！」片山狠狠揪住王足的頭髮，將她的臉扭向自己，咬牙切齒說：「這分明是你兒子偷竊來的贓款！」

「冤枉啊！大人。這是我兒子兩年前給我的，那時候他還沒犯案啊！」

聽到王足死命辯解，一旁的蔡聲忍不住幫腔：

「大人，小的可以作證，那些錢眞的是廖添丁在兩年前送來的。」

「閉嘴！」片山重重甩蔡聲一記耳光，斥喝：「再多說一句，就把你也列爲廖添丁的共犯，抓去台北審問！」

片山當下就逮捕王足，將她列爲廖添丁的共犯，並且透露消息給報社，表示警方將押解王足到台北受審。

片山調派大批喬裝成平民的武警看守王足。他原本希望消息傳開之後，能逼廖添丁出來自投羅網，想不到王足怕連累兒子，竟一心求死，在拘留室內撞牆自殺。

添丁用廖得男的身分，一直隱身在大稻埕，透過火旺仔牽線結交北部的各大角頭，暗地裡則和紅龜仔配合，伺機洗劫苛刻佃戶的頭家。

添丁一得知片山逮捕了他的阿母，便開始謀劃救援行動，準備在半途營救阿母，送她去中部深山生活。然而他都還來不及展開救援，報紙上已經大肆報導他阿母畏罪自殺的消息。

添丁悲憤難抑，立刻要去找片山拚命，幸好被紅龜仔和蔡萬添死命勸阻下來。

「除非殺了我們兩個，否則我們絕不會眼睜睜看著你落入片山的圈套！」

等添丁冷靜下來之後，三人正式結拜爲生死兄弟，誓言拿命替台灣人追討正義，除掉片山次郎。

火旺老大見添丁意志消沈，爲了撫慰他的喪母之痛，屢屢邀他參與角頭們的酒家聚會，添丁都以沒心情爲藉口婉拒了。

這天，火旺仔來找添丁，一照面就興沖沖摟著他的臂膀說：

「介紹一位嘉義來的角頭兄弟給你認識，他來台北不到三個月，就開槍打傷最讓我們頭痛的小泉一郎。而且他跟你一樣被片山次郎害得很慘，一直想找機會報復，所以才跑來台北，在滬尾做走私手槍的生意。」

添丁跟火旺仔來到黑美人酒家時，幾名角頭老大酒興正酣，還叫了一團那卡西來唱歌助興。

「陳良九兄弟，這位就是功夫高手廖得男兄弟。」火旺仔先介紹添丁給對方認識。

陳良九跟在場的每一個角頭老大都很熱絡，對初見面的「廖得男」也親切攀談，顯然是個擅長交際的老手。

酒酣耳熱之際，添丁忽然意識到那卡西只唱日本歌，心生厭惡，便對歌手說：

「別再唱日本歌了，唱一首台灣歌來聽聽吧！」

歌手爲難地回答：「對不起！大人規定我們只能唱日本歌。」

添丁憤恨地拍桌喃喃自語：「可惡！爲什麼我們台灣人不能唱台灣歌，想聽台灣歌也聽不著？」

陳良九發現添丁在抱怨，便停下敬酒的動作，坐到添丁身邊，憤憤不平地發牢騷：

「四腳仔就是要台灣人背棄祖宗，改當日本人。哼！日本政府既然要台灣人當日本人，就要公平對待台灣人才對呀！」

添丁敬陳良九，兩人一仰而盡。添丁附和說：

「沒錯！四腳仔對台灣人豈止不公平，根本是當成牛當成豬在奴役、屠殺。」越說越氣，忍不住將瓷杯捏個粉碎。

陳良九趕緊幫添丁換一個新酒杯，斟上酒，對他耳語：

「看來得男兄弟也跟我一樣痛恨四腳仔。有機會，我們殺幾個殘害台灣人的四腳仔來痛快痛快！」

「一言為定！」兩人乾杯之後，添丁恨恨地回答：「我頭一個要殺的，就是片山次郎這個奸賊！」

兩人酒逢知己千杯少，添丁不知不覺就喝多了，氣憤的事一樁又一樁的對陳良九吐露出來，直說到傷心不已，痛哭流涕地喊著阿母和盈青。

火旺仔見添丁喝醉了，擔心他敗露了身分，趕緊叫心腹手下先送他回許灰的住處。

來到許灰家，正好蔡萬添也在那兒喝茶。蔡萬添聽到添丁醉言醉語，又是咒罵片山次郎，又是哭喊阿母盈青，不禁憂心忡忡對許灰說：

「等添丁酒醒，我們得好好勸他喝酒要節制，免得不小心喝醉，很容易暴露了身分。」

隔天，蔡萬添聽添丁說起昨日喝醉酒的緣由，覺得事情大有蹊蹺，就提醒添丁：

「日本政府向來把日警被槍殺當作最嚴重的叛亂事件，甚至會出動軍隊全力緝凶。那麼多人知道陳良九開槍打傷小泉，他竟然還安如泰山的在酒家跟你們喝酒。陳良九的身分實在太可疑啦！」

爲了確認陳良九的身分，添丁請火旺仔邀他到黑美人酒家聚會。蔡萬添經過易容，假扮成火旺仔的貼身手下。

幾杯酒下肚，蔡萬添暗中對添丁使眼色，趁著出包廂去上廁所的機會，悄悄告訴他：

「這個陳良九從前是雲林的抗日分子陳啓仁。雲林大屠殺之後，他極力慫恿張大有、張良旅參加歸順式，害大批抗日游擊隊被設計屠殺。從前我當他是兄弟，想不到他根本就是潛伏在抗日義軍當中的日本走狗。」

「可恨！一回到包廂，我立刻擊斃他！」添丁咬牙切齒，掏出一粒鐵丸扣在手上。

「別急著殺他！讓我先跟他對質，逼出他的真面目給火旺老大知曉。」

兩人一回包廂，蔡萬添馬上厲聲質問陳良九：「陳啓仁，你不是在歸順式被殺了麼？怎麼會出現在這裡？」

陳良九見身分敗露，從沙發底下抄出手槍就射，但是添丁搶先用鐵丸射中他的手腕，子彈射偏了，槍只響一聲就掉在地上。

添丁還來不及將陳良九就地正法，四腳仔已經衝進包廂。

「你快逃走！找機會替我們報仇！」蔡萬添一把將添丁推向門口。

添丁想都沒想就把剛衝進門的四腳仔踹出門外，抽出青腳巾甩向屋樑，盪向屋後，飛快穿出後門，從屋後的暗巷逃走，將片山的粗聲咒罵和槍聲遠遠拋在後頭。

添丁明白自己的假身分已經被片山識破，片山會馬上展開搜索，就算翻遍大稻埕的每一寸土地，也要找出他來。所以他第一時間就去找紅龜仔和許灰。

「快！逃去中部投靠抗日游擊隊。」添丁拉著兩人便走：「我們現在只有躲進深山才安全。」

「你們兩個快逃吧！我這麼老了，死都不怕，還怕什麼四腳仔！」

許灰堅持不走，兩人只能揮淚跟他告別。

添丁和紅龜仔躲進中部深山之後，請抗日游擊隊幫忙打聽，帶回來的報紙上卻寫著：

「土匪廖添丁和蔡萬添約朋友到酒家享樂，遭遇警方臨檢。廖添丁懷疑自己被出賣，用青腳巾勒斃角頭老大火旺仔，勒昏黑社會分子陳良久之後，拋下同伴蔡萬添，隻身逃走。蔡萬添持槍拒捕，被日警當場擊斃。陳良九被逮捕之後，幾經偵訊，供出了驚人的消息——廖添丁化名廖得男在大稻埕活動，卻恩將仇報，先後殺害了多名庇護他的兄弟。」

抗日游擊隊員曉得添丁的為人，都來安慰他：「這分明是四腳仔陷害抗日義士的手段。蔡萬添是被日本走狗陳啓仁害死的，我們絕不會怪罪你。」

添丁恨透了陳啓仁，滿腦子都是替蔡萬添和火旺仔報仇的念頭。但是在這風聲鶴唳的關頭，四腳仔必定布下了天羅地網，他豈能去白白送死？

紅龜仔看見添丁吃不下飯，睡不好覺，成天鎖著眉頭在林子裡頭練功，眞怕他憋著滿腔仇恨，遲早會氣出病來，就幫他出一個調虎離山的計策：

「我們去新竹懲罰幾個壞頭家，先把片山他們引出來，然後我假冒你的名號南下繼續做兩件案子，你趕緊北上去報仇，事成就連夜趕回來。」

「不行！這樣做，你冒的風險太大啦！」添丁搖頭。

「不入虎穴，焉得虎子？」紅龜仔斬釘截鐵說：「既然等不到報仇的機會，咱們只能自己製造機會去替兄弟報仇！」

添丁見紅龜仔心意堅決如鐵，眼眶頓時熱起來，只能緊緊擁抱他，哽咽地說：「好兄弟，你一定要安然脫身，不然我拼死也要替你報仇！」

兩人依計行事。片山次郎果然率領大批日警南下新竹緝捕廖添丁，可是當大隊人馬趕到新竹時，添丁早已來到淡水郡役所附近打探，而紅龜仔也已經離開新竹，南下苗栗接連犯下兩樁案子。

添丁一等到警察課的警力都被調走，裡頭只剩幾名四腳仔，立即展開行動，以迅雷不及掩耳的速度擊昏門口的守衛，再衝入門內，施展青腳巾功夫，吊在屋梁上，幾下擺盪便踢昏那幾名在抽菸喝茶的四腳仔。

添丁看見陳啓仁也昏倒在地，便抽出陳啓仁腰際的佩刀，一刀刺穿陳啓仁的心臟，用手指沾著陳啓仁的鮮血，在地上留下廖添丁的名號，然後取走四腳仔的配槍，火速逃離。

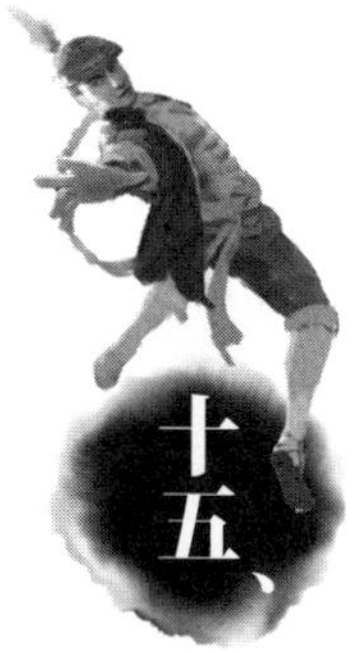

十五、再見盈青

添丁殺警奪槍的舉動令台灣總督萬分震怒，不但懲處片山次郎，更下達全台通緝令，限期要將廖添丁與紅龜仔緝捕到案。

爲了拔除廖添丁這根肉中刺，片山次郎四處奔波清查，凡是曾經和廖添丁有過往來的黑社會角頭分子，都受到嚴厲警告：

「廖添丁跟紅龜仔是頭號叛亂土匪，誰收留他們，或是知道他們行蹤卻不向我舉報，就與他們同罪！」

片山的手段讓添丁跟紅龜仔失去黑社會勢力的一切奧援，逼得兩人只能切斷過去的一切聯繫，躲進深山密林，居住在山洞中，靠抗日游擊隊提供外界的消息。

片山次郎處心積慮地打探兩人的行蹤，始終一無所獲，彷彿兩人已經從人間蒸發了。爲了逼出添丁，他硬是栽贓，說許灰是幫廖添丁籌畫叛亂行動的共犯，將許灰逮捕到淡水郡役所警察課進行偵訊之後，拘禁在台北刑務所，並且放出風聲，企圖引誘廖添丁來自投羅網。

添丁一接獲許灰被誣陷拘禁的消息，就再也按捺不住了。

「該死的片山！我摯愛的親友一個接一個都被你陷害了！哼！就算救不出許灰，我也要拉你一起陪葬！」

紅龜仔見添丁悲憤得無法控制衝動，趕緊勸他：「片山這奸賊想藉許灰逼你現身，你不出現，許灰還能好好活著。你一旦中了他的毒計，現身救人，許灰反倒就沒命啦！」

「要我眼睜睜看著親友一個個被片山陷害，這口氣我怎嚥得下去哪！」添丁氣憤地擊出一拳，在樹幹留下一個清晰的拳印。

「不是要你嚥下這口氣，而是要你等待時機，等片山麻痺了，鬆懈了，我們出手救人才有成功的可能。」

紅龜仔好不容易才勸下想隻身前往台北救人的添丁，不料抗日游擊隊卻又傳來一件令添丁大爲震撼的訊息——大藤一村又調派來台灣了。

日本政府開始進行全台灣的戶口普查，因此將熟悉戶口業務的大藤調派來台主掌戶政的工作。

大藤來台的消息，立刻喚醒添丁對盈青的沉痛愛意。

「都是大藤害我的啊！是他不擇手段搶走我的盈青，我今天才會落到這步田地啊！」

深刻愛意椎心刺骨，令添丁淌下男兒淚，忍不住嘆息說：「如果能和盈青長相廝守，就算日子過得再苦我也心甘情願呀！」

「是造化弄人哪！如果不是國運太衰弱，我們哪會白白受日本人欺凌！」紅龜仔安慰添丁：「我們會結爲生死兄弟，也是命運促成的啊！」

「對！一切都是命運！我失去的太多，幸好還有你這個同命兄弟陪伴。」添丁抹一把淚水，豪氣地說：「來！趁這條命還在，我要跟你大醉一場！」

添丁拿來一甕酒，和紅龜仔回顧起以前懲罰壞頭家的豪情，還有從四腳仔槍下逃生的驚險。往事歷歷，兩人每聊起一樁，便痛快地喝一大口酒。

添丁似乎被報仇的強大意念支撐著，當紅龜仔已經醉得不省人事，他卻依然清醒。

「去找大藤吧！現在不報奪妻之仇，以後就沒機會了！」添丁將易容材料盒裝進行囊，默默離開山洞，踩著醉八仙的步伐，朝台北走去。

添丁易容成一名白髮蒼蒼的茶商，利用紅龜仔假造的戶籍謄本投宿在台北警察本署附近的旅社，每天扛著布包，到鄰近警察署的商店兜售茶葉，就近打探大藤一村的動向。

一日，添丁走入一間布莊，看琳瑯滿目的和服布料，便趁著試泡茶葉時，問布莊頭家：「咱台灣人不習慣穿和服，你擺這麼多日本衫布料，要賣給誰？」

「那些日本大人有的攜家帶眷來台灣，發覺這裡氣候比較熱，多半會來挑布料做新衫。」

「你們也有裁縫師傅？」添丁問。

「有唄！店裡頭有裁縫師傅跟學徒二十幾個咧。」頭家回答：「我這家店，布料和手工都跟你的茶葉一樣，是上等的，一試便知！」

「聽說最近新來一位大藤一村大人，有來做新衫嗎？」添丁忐忑地問。

「當然有啊！」頭家眉飛色舞說：「大人、夫人和孩子，連丈母娘都做了好幾件，新衫做好送去大人宿舍時，還要兩名學徒才挑得動哩！」

當對方說出「孩子」時，添丁的心狠狠揪了一下，對大藤的恨意更加深刻。他忍住椎心的痛，繼續探問：「請問日本大人的宿舍怎麼走？我也想去推銷茶葉。」

「宿舍戒備森嚴，沒通行令，你絕對進不去。想推銷茶葉就得去草山警察療養所，那些日本大人最愛去那裡泡溫泉渡假。」

得知日警長官宿舍的位置後，添丁便前往查探，果然發現宿舍不但有駐警，還有憲兵站崗巡邏，他根本沒機會潛入殺大藤。

添丁於是喬裝成一名採草藥的村夫，帶著鶴嘴鋤，揹著籮筐，在草莽野林之間穿行上草山，費了一番功夫，終於來到溫泉區，找到專供日警渡假的療養所。

添丁發現療養所包括好幾棟木造的日式建築，雖然門口有守衛，但他輕易就能從後方躍過圍牆潛進去。他在療養所後方的山上埋伏了幾天，終於等到大藤駕駛自動車來到。

添丁透過望遠鏡看見大藤先下車，再小心翼翼抱下一名男孩，接著扶盈青母女下車。

親眼看見大藤對家人的體貼，添丁的心中起先湧起陣陣嫉妒，隨後便開始猶豫起來——殺了大藤報仇之後呢？盈青母女該怎麼活下去呢？他該怎麼處置那個男孩呢？如果盈青母女願意跟他離開，他如何能保護得了她們？

種種疑慮化成沉重的大石頭，堆疊在添丁的心中，最後，全被仇恨的浪潮淹沒了。

「不管了！殺了大藤就離開！」添丁終於下定決心。

半夜，添丁無聲無息地潛入大藤住宿的木屋，悄悄推開隔間的木門，就看見正在燭光中專心批閱公文的大藤。他一個箭步上前，等大藤瞥見他的身影，露出驚愕的神情時，他已經出手將大藤劈昏在地板上。

添丁正想再出手結束大藤的性命，面前的房間木門倏地被推開，盈青跟他一照面就認出他了。兩人沒有驚愕，沒有悲喜，彷彿是陰陽相隔的一對戀人，只能憑藉眼神的交會，傳遞彼此的深深無奈。

「當我聽聞台灣出現一位俠盜英雄廖添丁，我就知道自己被大藤欺騙了！」盈清淡淡地說，並沒低頭關心自己的丈夫一眼。

添丁感覺得到，此刻和他脈脈對望的哀怨少婦，依舊是那個深愛著他的盈青。然而他卻勉強壓抑擁抱愛人的衝動，冷冷地質問她：

「妳既然知道被他騙了，爲什麼還要跟他生活在一起？」

「爲了我母親和孩子，我雖恨他，卻離不開他。」

「我現在就要殺了大藤，帶走他的孩子去當人質。」添丁妒意陡然上升，脫口便說。

「大藤罪有應得，你殺了他，或是拿他當人質都行。但是你應該要關心那個孩子，不能傷害他。」

「爲什麼？妳憑什麼要我關心仇人的孩子！」添丁滿懷憤懣。

「來！我帶你去看看孩子。」盈青牽起添丁的手走進臥室。

榻榻米上那個熟睡的小男孩大約七、八歲，端正的鼻樑上豎立著一雙醒目的劍眉。

「我私下幫他取漢名叫『廖學嚴』。你說，這孩子長得像大藤，還是像你？」

添丁感覺盈青激動得連手都震顫不已，他那顆被恩怨情仇糾纏蒙蔽的心登時清明了。

「這孩子是我逃去大稻埕那晚，在妳肚子留下的骨肉？」添丁攬住盈青問。

「嗯！後來我被大藤和片山欺騙，以爲你眞的死了。爲了將我們的孩子撫養成人，我對大藤開出三個條件，要他痛懲片山和蔡聲，還有照顧我肚裡的孩子，他都答應了。後來我就懷著三個月的身孕嫁給他。」盈青跟從前一樣，倚著添丁的肩頭傾訴。

「大藤有沒有好好對待我們的孩子？」

「有！大藤有信守承諾，把學嚴當成自己的孩子關愛。」

添丁內心百感交集。他摯愛的盈青爲了幫他撫養親生骨肉，承擔下多少屈辱！他們兩人雖然受盡命運捉弄，無緣長相廝守，但是盈青從頭至尾都是他的人哪！他還有什麼好怨恨的呢？

「添丁，你要怎麼處置大藤？」

「我——」添丁滿腔的仇恨都被理智驅散了。他很清楚，自己朝不保夕，根本無法帶著盈青母子亡命天涯。他的親生骨肉只有留在大藤身邊，才能平安長大。

「不管如何，我都要先照顧好盈青她們母女。」添丁默默念著他對師父的誓言，深情凝視著自己的骨肉和愛人。

過片刻，他終於橫下心，放過仇人，捨下愛人，頭也不回的離去。

十六、英雄末路

添丁回到中部深山，抗日游擊隊員都歡欣鼓舞的迎接他歸來。醉醺醺的紅龜仔一照面就狠狠抱住他，高興的捶著他的後背，哭著嚷：

「我以爲你沒命回來了，害我天天藉酒澆愁，差點沒醉死……」

「兄弟放心啦！我這條命還要留下來對付片山次郎。」添丁心頭一陣熱，不由得哽咽了。

「你殺掉大藤一村了嗎？」大家都問。

添丁將刺殺大藤的經過說給大家聽，大家都覺得添丁的決定是正確的。

「大藤雖然死有餘辜，殺掉他卻會斷送你親生骨肉的後路。」游擊隊首領說：「最該死的是片山次郎，他最近不斷放出風聲，要聯合軍隊掃蕩藏匿在山區的抗日分子。」

「片山不逼出我是不會罷休的。」添丁恨恨地說：「這隻老狐狸最會虛張聲勢，等著吧！等我安排好計畫，時機一到，我就要拚了這條命，讓他再也開不了口！」

添丁和紅龜仔時不時就潛入四腳仔的宿舍或家中，偷走警察服裝，打算趁許灰被押送到法院審判時，喬裝成一隊警察救出許灰。

添丁還暗中連絡許灰從前戲班的死忠朋友，大家都願意在營救許灰的行動中盡一點力，接應同志或阻撓四腳仔的追捕行動。

「就算救不出許老，也要宰掉陷害許老的片山次郎，爲許老報仇！」許灰的朋友們說。

然而營救行動都還沒展開，台北地方法院竟然直接宣判廖添丁和許灰死刑，還公告了兩人同時執行死刑的日期。

一時之間，街頭巷尾議論紛紛，那些敬佩廖添丁的台灣民眾都誤以爲廖添丁被逮捕了，非常傷心！

「笑死人了！一個是連人都沒進法院受審，一個是人還到處逍遙，這樣判死刑是要騙鬼喔！」紅龜仔哭笑不得。

「法院這樣判，到時卻只執行許灰一個人的死刑，這分明是要告訴台灣人，因爲我廖添丁躲著不敢出面，害許灰成爲替死鬼。」添丁心情沉重。

「既然片山次郎敢這樣亂搞，我們也該還以顏色！」紅龜仔又打起鬼主意：「請許灰的朋友在台北到處放話，說廖添丁要去劫獄，然後咱就趁片山把警力都調派去固守台北刑務所時，去他的地頭作案，一得手就趁夜溜回中部。這樣多搞他幾次，氣死片山！」

兩人依計行事，才半年就成功盜走五個惡頭家無數金銀珠寶。

片山果然氣炸了，一天突然放出消息，他將親自押解叛亂土匪許灰沿著台北城門遊街示眾。

「爲了逼我現身，片山這次眞的豁出性命了！」添丁對紅龜仔說。

「片山老謀深算，不可能冒這麼大風險，我們千萬要小心，別中他的詭計！」

「我易容成小販，在南門等著。你跟戲班的弟兄帶著槍和四腳仔的服裝，在南門周邊的店家等待，有機會就行動。」添丁和紅龜仔擬好計畫，趕緊分頭行事。

許灰被片山拘提出來遊街當天，添丁喬裝成賣糕點的攤販，一早就操著廣東口音在南門叫賣。

過不久，便有戲班兄弟假裝成顧客，過來提醒添丁：「每一座城門上都有槍手埋伏。」

又等候了好一陣子，又有戲班兄弟來傳遞消息：

「快撤退！因爲四腳仔手臂都別著顯眼的太陽旗，我們根本冒充不了他們。」

添丁很不甘心就這麼放棄行動。

「沒機會救許灰，或許還有機會取片山的狗命。」添丁打定主意，繼續叫賣著糕點。

遊街示眾的隊伍緩緩來到南門。許灰被上了手銬腳鐐，脖子還被套上鎖鍊，被片山像牽狗一般拉拉扯扯。重重武警密不透風地將兩人隔絕在中間，想救走許灰根本不可能。

道路兩旁擠滿了圍觀的民眾。太靠近遊街隊伍的人，全被武警粗暴地推開，嚇得兩旁的人群紛紛閃避。

添丁的推車閃避不及，被武警一腳踹翻，廣式糕點撒滿地。他索性撇下推車，挨在人群當中觀看。

許灰一路踉踉蹌蹌，走太慢，他身後的片山就一屁股將他踹倒在地，或是甩動鐵鍊抽打他。

許灰早已被折磨得不成人形，臉上身上鮮血淋漓，片山的手段卻越來越殘酷，還不時朝他臉上吐口水，簡直就像在凌虐一條垂死的老狗。

添丁滿腔怒火瞬間被片山的舉動點燃。他掏出一粒鐵丸扣在指尖，運氣躍上人群的肩頭，看準片山的太陽穴射出鐵丸。

鐵丸破空一響，片山隨即倒地不起。

「快！開槍！那個人是廖添丁！」一名武警立刻吹哨高喊。

添丁認出那是片山的聲音，知道自己上當了，卻來不及再次出手。他從腰際抽出青腳巾甩向路旁商店的屋頂馬背，使勁飛躍上屋頂，撇下背後一大片槍聲，飛快踩著街道的屋頂逃離現場。

添丁以爲這回仍舊可以輕易脫身，想不到南門周邊的屋頂上不知埋伏了多少槍手，他剛放慢腳步觀察逃亡路線，一顆子彈隨即劃過他的耳畔。而且城門上還有人居高臨下盯著他的逃亡路線，用擴音器在指揮追捕行動。

添丁想用鐵丸對付在屋頂上狙擊他的四腳仔，可惜他出手的勁道遠遠比不上子彈的威力，雖打傷一名對街屋頂上的槍手，他的臂膀卻被對方打中一槍。

添丁跳下屋頂，拖著點點血跡朝新店溪的方向奔逃。片山次郎隨即照著擴音器指示的方向，開著警用自動車全速衝過來，後頭還跟著一大隊日警。

添丁逃到河邊樹林外的空曠處，眼看就要被片山的車子追上，突然斜刺裡衝出一輛警車，一頭撞上片山的車。

「添丁快逃！」

駕駛跳下車，一跛一跛地追著添丁，原來是紅龜仔。

添丁回頭扶紅龜仔，往樹林的方向逃去，不料背後卻響起片山次郎的槍聲，兩人的大腿各中了一槍。

添丁扶著紅龜仔穿越樹林，想跳進新店溪逃生，不料溪邊竟也埋伏了多名武警。兩人趕緊退回樹林，卻已經被發現，埋伏在河邊的武警立刻追了上來。

「我們逃到那邊的大石壁，底下就是大水流，絕對沒有四腳仔埋伏。」添丁扶著紅龜仔加快腳步。

「太遠了，到不了！我們左右兩邊都是追兵，除非能引開他們——」紅龜仔說著，突然一把將添丁推向大石壁的方向，自己卻掉頭快跑，嘴裡大喊：

「添丁快來！這裡有一條船。添丁快來啊！」

紅龜仔喊聲所到之處，立刻引來一片槍聲。

添丁知道紅龜仔存心犧牲自己引開四腳仔，留給他一條生路。在這生死關頭，他就算回頭去阻止紅龜仔，也只是多賠上一條命而已。

他只能將牙一咬，施展青腳巾功夫，淌著淚逃到大石壁上頭，朝著腳下的急流一躍而下。

添丁雖然流了不少血，卻憑著一腔對片山次郎的恨意硬撐過去，從新店溪順流而下到淡水河出海，等到黑夜再從八里坌的海邊爬上岸，找到情人謝蓮的住處。

謝蓮趕緊用鑷子幫添丁取出子彈，包紮敷藥。

「我要離開了！四腳仔一定會查出我們之間的關係，找到妳家裡來。」添丁不想連累謝蓮，硬撐起虛弱的身子要走。

「你不要走！你對我恩重如山，我內心早就把你當成是我的丈夫，就算明知道會大難臨頭，我也一定要陪你度過難關！」謝蓮緊緊抱住添丁不放。

「好吧！這附近有沒有隱密的地方可以躲藏？我養好傷就離開！」添丁也希望趕緊養好傷，去找片山次郎拚個同歸於盡，替他死去的親友報仇。

「這邊的山上有一個石洞，洞口有樹遮掩，非常隱密。你留在那兒養傷，我每晚都會過去幫你換藥，送吃的過去。」

添丁躲藏在山上的石洞，每天發著高燒，時睡時醒。他不斷夢見自己殺了片山次郎，替阿母、紅龜仔和好友們報了仇。

幸好謝蓮每天三更半夜都摸黑上山去照料添丁，添丁的槍傷才沒有繼續惡化。

「你說的那個四腳仔片山次郎果然來找我問話了。」謝蓮一邊爲添丁換藥，一邊說。

「你怎麼回答？」添丁緊張起來。

「我一口咬定從來不曉得廖得男就是廖添丁，也很久沒看到人了！」謝蓮鎮定地說：「四腳仔在我屋裡屋外都翻遍了，可是我早就把你留下的蛛絲馬跡都清理得乾乾淨淨，他們查不到任何證據，最後就離開了。」

「當初我會看上妳，就是看準妳是個聰慧又堅韌的好女人。現在證明我當初的眼光沒錯！」

這一天半夜，謝蓮才剛走進石洞來，添丁就發現石洞外的樹林隱約有亮光閃動。他剛走到石洞口，一束強光就照到他臉上，他趕緊退回洞中，拉謝蓮一起躲到大石頭後面，接著子彈就如同一陣暴雨打進石洞。

槍聲停止。

過片刻，一名日警打著手電筒要爬進石洞，馬上吃了添丁一記鐵丸，摔出洞外。

「謝蓮，快出來吧！妳還要照顧幼小的兒子，沒必要陪廖添丁一起死啊！」謝蓮的小叔楊林在洞外高聲喊。

「原來是楊林去跟四腳仔告密的。」謝蓮哭著對添丁說：「你給了他們家那麼多幫助，難道他都忘記了？眞是忘恩負義的傢伙哪！」

添丁和謝蓮還沒回應，忽然又聽到幼兒哭喊著找媽媽。

「眞是沒天良啊！連六歲的小孩都不放過！」謝蓮聽到兒子的淒慘嚎啕，哭倒在添丁懷中。

僵持到黎明，添丁已經鐵了心，準備衝出洞外跟片山次郎同歸於盡。但是他得先保住謝蓮的命才行！

片山次郎也失去耐心了，拉大他鴨公般的粗嗓門在洞外喊話：「廖添丁吶，快出來投降吶！再不出來，我就拉大砲打你吶！」

「好吧！」添丁朝洞外喊：「先讓謝蓮出去和他的兒子團聚之後，我再出去投降！」

「好吶！讓謝蓮出來吶！」片山回應。

添丁給謝蓮一個溫柔的擁抱，叮嚀她：「妳兒子需要妳！快去吧！」說著將她推向洞口。

謝蓮走到洞口，回眸深情地注視添丁一眼，突然槍聲大作，她單薄的身子隨即倒臥在血泊之中。

「片山次郎！你是個不守信用的狗東西！」添丁氣憤大吼，將指尖的鐵丸緊緊扣住。

「我怕你要詐吶！謝蓮是被妳害死——」

添丁趁片山次郎正在說話的當頭，猛衝出洞口，抽出青腳巾甩向洞外高高的樹枝，朝片山次郎的方向盪過去。

黑壓壓的人群中，添丁一眼就看準片山次郎，正發勁要射出手中的鐵丸，卻發覺楊林抱著謝蓮的幼兒擋在片山前面。

添丁遲疑了一下，只聽到槍聲大作，他手中那一粒奪命的鐵丸已經來不及射出。子彈密密麻麻朝他飛來，連他手上握的青腳巾都被射斷了。

在亂槍之中，俠盜英雄從此隕落了。

後記

俠盜雖然隕落了，但他劫富濟貧的英雄形象，永遠活在百姓心中。日本戰敗，如同喪家之犬逃離台灣之後，台灣百姓爲了紀念俠盜英雄，在廖添丁遇害的地點（新北市八里區）建造了一座「漢民祠」，做爲祭祀廖添丁的廟宇。後來在廖添丁的出生地（台中市清水區秀水里），又建了一座祭祀廖添丁的「漢民祠」。可見廖添丁見義勇爲的精神，多麼受人景仰！

新北市八里區漢民祠添丁公園的廖添丁石雕像。

幼年，我經常聽到老婦人用「大人來了」嚇唬哭鬧的孩童不准哭。當時我以為「大人」是惡鬼，萬一招惹到它，就死定咯！

懂事以後，常聽村中老人回顧日本時代的「大人」如何凶殘暴虐，這才曉得「大人」是指日據時代的「日本警察」。當時距離日本的殖民統治已將近三十年，然而日本警察的可怕陰影，卻還籠罩著台灣百姓的心。

可見台灣百姓在日本的高壓統治下，是如何的卑微屈從，含淚度日。但是竟然有台灣人見利忘義，甘心充當日本走狗，幫著日本政府無情地壓榨台灣百姓。

面對重重壓迫，廖添丁不願忍辱求生，憑一身本領教訓日本走狗，挑戰蠻橫殘暴的「大人」，救濟被層層剝奪的可憐百姓。他的事蹟一流傳開來，自然備受讚揚，成為民間的英雄人物。然而，縱使他本領再高，終究不敵日警的強勢武力，用年輕的生命寫下一頁悲壯的民間傳奇。

身為台灣人，沒生在日本殖民統治時期，是我們的幸運！當時台灣總督府制定了嚴苛法律，限制我們祖先的自由，剝奪他們的財產。廖添丁生在那個受異族壓迫的時代，面對不平等的法律，毅然挺身對抗剝奪者，雖然不見容於當時的法律，卻無異幫老百姓出了一口怨氣，難怪百姓都將他偷富濟貧的行爲視爲正義。

我敬佩廖添丁，是以將他傳奇的一生杜撰成小說，塑造一代俠盜的英雄形象，希望俠義精神永遠不死。

我們生活在民主國家，在公平正義的法律保障之下，不會無辜遭受剝削欺凌。如果廖添丁的行爲出現在今日，恐怕只會被社會大眾當成盜賊了。

今天如果我們想效法廖添丁扶危濟困的義行，可以加入慈善團體，出錢出力幫助可憐的同胞，當一位「現代廖添丁」。

新北市八里區廖添丁洞外觀。

國家圖書館出版品預行編目資料

台灣民間故事2：義俠廖添丁 / 陳景聰著；維眞工作室繪.
-- 初版. -- 臺中市：晨星，2017.07

面；　公分.--（蘋果文庫；76）

ISBN 978-986-443-278-3（平裝）

859.6　　106008177

蘋果文庫 076

台灣民間故事2

義俠廖添丁

作者｜陳景聰
繪者｜維眞工作室

責任編輯｜呂曉婕
文字校對｜盧柏丞、呂曉婕
封面指導｜維眞工作室
封面設計｜王志峯
美術設計｜黃偵瑜

創辦人｜陳銘民
發行所｜晨星出版有限公司、台中市407工業區30路1號
TEL:(04)23595820　FAX:(04)23550581
E-mail:service@morningstar.com.tw
http://www.morningstar.com.tw
行政院新聞局局版台業字第2500號

法律顧問｜陳思成律師
郵政劃撥｜22326758（晨星出版有限公司）
讀者服務專線｜04-23595819#230
初版｜西元2017年07月01日
印刷｜承毅印刷股份有限公司

ISBN｜978-986-443-278-3
定價｜250元

廣告回函
台灣中區郵政管理局
登記證第267號
免貼郵票

407　台中市工業區30路1號

晨星出版有限公司

TEL：（04）23595820　FAX：（04）23550581

e-mail：service@morningstar.com.tw

http://www.morningstar.com.tw

義俠廖添丁

請延虛線摺下裝訂，謝謝！

清水散步
廖添丁系列文創商品限量抽獎活動！

凡填妥《台灣民間故事 2　義俠廖添丁》回函卡並寄回（免貼郵票），即有機會獲得「清水散步 清水旅行手工帆布包」乙個喔！

活動截止於 2017 年 12 月 31 日，
每月 15 日公布得獎者喔！

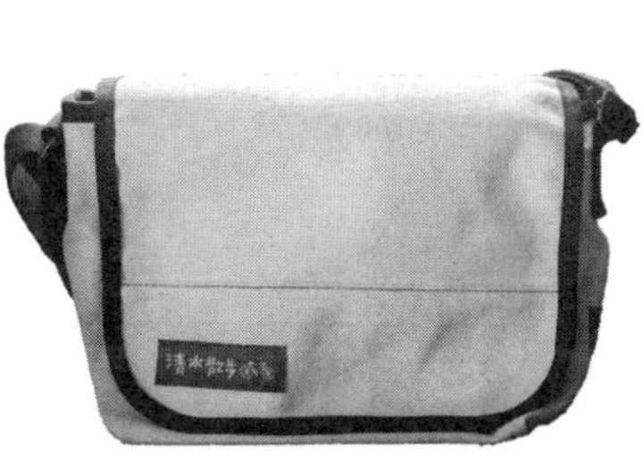

（顏色隨機出貨，原價 399 元）

蘋果文庫

請詳填以下資料，才有辦法參加抽獎喔！

★ 購買的書是：台灣民間故事 2 義俠廖添丁

★ 姓名：＿＿＿＿＿＿ ★性別：□男 □女 ★生日：西元＿＿年＿＿月＿＿日

★ 電話：＿＿＿＿＿＿ ★ e-mail：＿＿＿＿＿＿

★ 地址：□□□ ＿＿＿＿ 縣／市 ＿＿＿＿ 鄉／鎮／市／區

＿＿＿＿ 路／街 ＿＿ 段 ＿＿ 巷 ＿＿ 弄 ＿＿ 號 ＿＿ 樓／室

★ 怎麼知道這本書的呢？

□逛書店看到 □朋友推薦 □父母買的 □廣告 DM □其他 ＿＿＿＿＿＿

★ 閱讀這本書之前，聽過廖添丁嗎？□聽過 □沒聽過

★ 這本書吸引您的地方是？□封面 □故事內容 □作家名氣 □廖添丁這位英雄人物

★ 最喜歡這本書的哪一個章節？＿＿＿＿＿＿

★ 請寫下您對本書的感想或意見。

＿＿＿＿＿＿

＿＿＿＿＿＿

＿＿＿＿＿＿

寄件人姓名：＿＿＿＿＿＿

E-mail：＿＿＿＿＿＿

地址：＿＿＿(郵遞區號)＿＿＿＿市／縣＿＿＿＿鄉／鎮／市／區

＿＿＿＿＿＿路／街＿＿段＿＿巷＿＿弄＿＿號＿＿樓／室

電話：住宅（　）＿＿＿＿＿＿公司（　）＿＿＿＿＿＿

手機 ＿＿＿＿＿＿